娑萨朗

II

王子的血腥婚礼

雪漠 —— 著

作家出版社

娑萨朗，娑萨朗，我生命的娑萨朗。

——作者题记

目 录

第十一乐章

奶格玛仍在寻觅永恒，那帝王功业可否永恒？不想当帝王也不想建功立业的欢喜郎，被父王步步紧逼，直至逼上了战场。屈辱来得措手不及却又毫不意外，它还将要在他心上划下更深的伤口。

第 33 曲　事业的长城

又近子时，莲灯渐次暗淡，
直到完全熄灭。
奶格玛眼前的故事结束了，
但真正的故事永远不会结束，
只要生命存在，它们就会延续——
欢喜郎的漫漫长路，
胜乐郎的坎坷之途，
其他力士的悲悲喜喜。
自从迷过那胎血，
觉悟就成了生命中最大的奢侈。
五力士的命运充满了磨难，
他们还有遥远的路要走。
觉悟的晨光迟迟未至，
前方仍有诸多红尘的剧情。

经过了诸多的日夜煎熬，
娑萨朗的命运仍填满了心，
只是奶格玛不再痛苦，
接受了变老的它和它的变老。
她明白，所有的一切都在老去，
所有的一切终将老去，
只是人们忽略了最初的变化。
一如那熟透的苹果，

当有一天，发现它坏烂了外皮，
其实那坏，早已存在于它的内核。

她的寻找仍在继续，
她不能将自己该担的责任，
寄托于他人身上，
她想亲力亲为，以身作则。
她拜访了无数智者高人，
都说永恒净光能铸就永恒净境。

这一夜，月光皎皎，星光灿灿，
那份静谧多像母亲呀。
奶格玛取出了奶格之星，
念动了相应的咒语。
那水晶便射出心灵的投影，
在空中呈现出一块光屏——
哦，我看到了，
那山，那树，那湖泊，
还有那一座水晶般璀璨的宫殿……
我的娑萨朗——我的母亲！
她还是那般模样，
没有我想象的那样糟糕。

奶格玛又念诵了女神心咒，
光屏上便出现母亲的面容。
奶格玛看到那额前的白发，
还有母亲眼角的皱纹，
她只喊出一声"母亲"，

便哽咽了再也发不出声。
她突然对奶格之星充满了感恩，
毫不起眼的它，总能让母亲随请随到，
慰藉她所有的思念。
寻觅的艰辛和时时的牵挂，
刹那间一起涌上心头，
潮水般的思绪化作了乌云，
笼罩了她的天空。

起初，她没有说话，母亲也没有说，
她们就这样相隔亿万万里之遥，
久久地对望着，对望着。
她的眼神，只有母亲懂，
母亲的心情，只有她明。
女神眼中流出无限的慈爱，
那慈爱里也隐藏着淡然。
她先是默默看着奶格玛，
观察女儿有无磨难的迹象。
片刻后，她打破了沉默，
她说，不要担心娑萨朗，
她说，娑萨朗一切都好。
她叮嘱女儿一定要照顾好自己，
不要迷失在了红尘。

奶格玛汇报了五力士的现状，
她告诉母亲，她也开始了寻找。
只要找到永恒的净光
一切就能如日月之恒。

她并没提到路途的艰险，
怕增加母亲无谓的担忧。
她叫母亲一定要静养身体，
多禅定少操劳不必牵挂，
待女儿寻到那永恒的秘密，
再回到家园拯救亲人。
她说地球上还有很多好玩的趣事，
这里不像娑萨朗无想无思。
一路上增加了丰富的见闻，
等回去再慢慢讲给您听。
女神在光屏中频频点头，
她怎能不知女儿的处境。
光屏中呈现出全部的讯息，
欣慰，担忧，牵挂，思念。
哦，她在强抑着自己。她不想让我难受。
母亲，我已经长大！
我会好好接受命运的锤炼。
我永远都记得您的话，我一刻都没有忘记——
只有经过朔风凛冽冰天雪地的考验，
才能绽放出洁白的雪莲花。
母亲，它早已成为我困难时的力量，
口渴时的水源，饥饿时的养命粮。

那心酸和欣慰交织成泪水，
从母亲微笑的眼角溢出。
她说："孩子啊，你已经长大，
好好接受命运的锤炼。
无论结局是否完美，

你永远是母亲的骄傲。
这便结束通话吧，
不要再消耗你的命能。
我在家园等你归来，
那时我们再互诉离情。"

为了节约我的命能，
母亲结束了我们的交流，
挥手的刹那，她笑了，
她的眼里亮亮的，有泪在闪。
我永远爱您，我的母亲，
我一定会找到永恒。

夜如水，而思念是一片海。
我曾一厢情愿地以为，
与母亲相见，
会驱散我浓郁的思念，
却不想，我用了海水解渴，
用了消食片充饥……

哦，母亲，其实我一直都孤独，
没有人能听懂我说话，
我的身边没有可说话的人，
我始终与我的影子做伴，
与我的灵魂为伍。
我走遍沟沟坎坎，渡过湖泊河川，
我翻越无数高山，拜访无数高人，
我真的好累！

困难，挫折，艰辛，
阴谋，暗箭，陷阱，
到处都是，如影随形！
可是，母亲，
我还没有找到我要找的东西。
我还得走。我必须走！
我明明白白地感觉它就在前面，
就在离我不远处，
可我就是走不到它近前。
母亲，您告诉我，
我还要走多久？

奶格玛呆呆望着天空陷入惆怅，
片刻之后才回到当下。
她决定一边等待五力士的成长，
一边尽自己的力量寻觅永恒。
只有永恒的净光，
才能铸就永恒的净境。

忽然，她感觉手背凉凉的，
天又下雨了。
抬头，星星们都在贼贼地笑，
哦，泪终于落了。
在意识到自己陷入情绪的同时，
这颗强抑很久的泪珠儿，
突然打开了一条通道，
它让她看到了无尽时空的种种可能。

奶格玛冲破思维的闸门，
产生了一个绝妙的想法——
那永恒必然经得起岁月的考验，
我何不去未来寻找线索？
若是现有事物未来依旧存在，
那它就可能是真正的永恒。

于是奶格玛进入了定境，
沿着心光前往未来。
落地时发现自己在震旦的西部，
现在这里被称为"中国"。

她向人打听当地的智者，
可百姓连智者的含义都已模糊。
他们说有个学者叫工力先生，
他拥有这里最广博的学问。
他学过很多的哲学之书，
精通各类玄学与术数。
据说他能占卜国家大运，
是许多政治家的智囊。

工力长得非常清瘦，
一撮山羊胡须充满了睿智，
鼻梁上挂一个圆圆的眼镜，
小眼睛透出了机智的光晕。
问起真理的净光他并不知晓，
却知道这世上什么是永恒。

他说事业光照千秋，是永恒的。
奶格玛听得一头雾水，满脸疑惑——
她找究竟真理，他们说那是永恒，
她找永恒，他们说那是事业。
他们总能找出另一个不相干的名字来。
可在人家地盘上，她只能入乡随俗。
她知道，大业从来都不是唾手可得的，
她一遍遍告诫自己，要耐心，耐心。

工力又说事业光照千秋，是永恒。
奶格玛便问他，什么是事业？
工力的声音里充满了激情，
一句比一句振奋精神——
"人类从诞生到绵延不绝，
全都依托这不朽的事业，
一茬一茬的人类消失了，
那事业却永无穷尽。
你看人类有三种不朽：
一立德二立言三立功，
我说的事业便是立功。
瞧呀，人类刚刚诞生的时候，
便投身于伟大的事业。
于是有了那神农尝百草，
于是有了那黄帝统华夏。
于是有了那仓颉造文字，
于是有了那伏羲演八卦。
这丰功伟绩利益了无数苍生，
给后人也做出了榜样。"

工力的话听似激情澎湃，
奶格玛却觉得哪里不对。
工力见奶格玛还在疑惑，
说走呀，我带你去看看长城。
奶格玛上了长城，
见万象一新，辽阔而壮美，
那磅礴大气包裹了心。

工力说，瞧呀，
江山如此多娇。
这长城便是事业的象征，
从几千年前保存至今，
那秦皇大帝有雄才大略，
扫平六国成就不世之功。
他废除了分封制建立郡县制，
书同文车同轨统一度量衡，
他北击匈奴再征百越，
修筑了灵渠沟通了水系，
他是名副其实的千古一帝呀，
这长城就是他功业的象征。

在高耸入云的万里长城上，
奶格玛的问题仍是问题。
而且，它是雌性的，它是母亲。
它生出了一个、两个，甚至无数个问题来——
"后来呢？"
"后来这皇帝梦想长生不老，
便派使者海上寻药。"

奶格玛心想这倒与娑萨朗相似，
我们也正在为家园永存而寻觅。
于是她更关心这故事的结局，
问工力那不老的灵药可曾找到。
工力说那使者带人去了海上，
哪知从此便杳无音信。
后来秦皇在巡游途中死去，
他的儿子胡亥继承了王位。
再后来有个叫刘邦的混混造反，
便推翻了大秦的万里江山。

奶格玛想说功业不永恒呀，
却不敢打断老人的讲述。
老人唾星四溅情绪激昂，
逐一述说着伟绩丰功，
但只要奶格玛发起终极追问，
那功业就消失于岁月之中。
诸多功业总在变化，
都被另一种东西代替。
仿佛大海里泛起的浪花，
没有一个能实现永恒。
那"后来"渐渐变成长矛，
一次次戳破工力的理论。
工力听出了弦外之音，
他开始面红耳赤气急败坏。
于是他不再讲述那些丰功伟绩，
而是指着气象巍峨的长城：
"你看，它已在这里矗立了千年，

今后也必然会万古长存。"

说话间，工力看到几个农民，
他们挥动锄头正刨着城墙，
那千年的墙土纷纷碎落，
一筐筐地被倒入牛车。

工力的吼声像挨刀的猪叫：
"你们咋能破坏历史遗产？
你们可知这是珍贵的文物？
你们可知这是伟大的长城？
它是人类丰功伟绩的象征！"

农民的笑像煮熟的土豆：
"我们只知道这叫边墙，
我们习惯用墙土垫圈。
祖祖辈辈都是这样，
没听说过啥象不象征。
这边墙垫的圈很是肥沃，
长出的庄稼也格外饱满。
边墙土比得上炕粪之土，
说起来还要谢那皇帝。
你瞧那远处的一大片空地，
那儿从前也是边墙。
还有被边墙围起来的城池，
都叫历代的祖宗们垫了羊圈。"

工力先生已经愤怒至极，

那火气直通通烧红了瘦脸。
他痛斥败家子啊败家子,
你们丢尽了祖先的脸面。
这万里长城是中华的象征,
是不可亵渎的神圣图腾。
你们不保护也倒罢了,
反而还把它变成粪土?!

望着工力涨红的老脸,
农民却笑得愈加欢畅。
一个说:"建这边墙死了多少人?
那孟姜女的故事你可听过?
她千里寻夫却尸骨不见,
一哭就哭倒了八百里长城。
这城墙里都是血泪啊,
里面埋满了百姓的尸骨。
如今我们用它垫了圈,
也算给祖宗们入土为安。
你不赞美我们的善举,
倒骂我们是败家子?"

第二人说:"即使我们不刨,
那边墙说没也就没了。
几十年前的那场大地震,
一摇就摇倒了百十里边墙。
按你的说法看来,
那地震也是败家子?"

第三人说："还有那风雨，
那风削呀削呀，
那雨冲呀冲呀，
又将剩下的丈二高的边墙，
弄矮了三尺，
莫非那风雨也是败家子？

"还有那城墙上打洞的老鼠，
还有那些打洞的虫子，
也弄倒了好几段边墙呢。
你瞧那最高的边墙，
那墙底早就酥了。
再来场大些的风，
它肯定就倒了。
虽然县里立了保护牌，
可那墙注定要倒。
它自打从立的时候起，
就要走向倒的这一天，
谁也救不了呀谁也救不了。"
工力闻听这话顿时泄了气，
他长叹一声说是呀是呀，
连那么好的阿房宫也都烧了，
功业为何经不起岁月的折腾？

奶格玛望着那万里长城，
忽然感觉它不再磅礴。
那巍峨之气也渐渐消散，
此刻散发着苍老的落寞。

奶格玛于是说：
"那王朝换了又换，
那长城垒了又倒，
那无量无数的好东西，
都叫新东西取代了，
那无数的事业都成了土，
兴，百姓苦；
亡，百姓苦。
这万人追求的事业，
肯定不是我追求的永恒。"

奶格玛闭上了悲悯的眼睛，
从未来又回到过去。
她感觉刚才的穿越仿佛一场戏，
那工力和农民都是其中的角色。
他们告诉自己一个道理，
如果当下没找到永恒，
未来也不会有永恒的踪迹。

第 34 曲　欢喜郎练剑

在追寻梦想的日子里，
时间总是过得飞快。
又一个二十五日到了，
一个月仿佛眨一眨眼皮。
奶格玛牵挂着欢喜郎的命运，
她拨亮那双智慧的眼睛，
念动欢喜郎的心咒，
在净境的莲花中静观因缘。

她看到那将军带了王子，
一起到了无人的荒野，
那所在本是练兵场，
累累白骨已化为千里哀鸿。

她终于看到了欢喜郎，
他依然显得无精打采，
空洞的眼神，一脸的木然，
分明是一个无主的游魂。
练兵场最早是一片平原，
每年夏天，格桑花都能开到天边，
因为空旷平整，
就做了国家的练兵场。
这里铸出了无数的英雄，

无数的懦弱青年，
都被铸成了战场上的虎狼。

这是一片血性的土地，
上万名士兵正在操练。
他们喊着震天的杀声，
他们的刀斧寒光闪闪。
那兵刃与兵刃的击打，
那眼神与眼神的碰撞，
都在诠释着血性和野蛮。

练兵场的旁边是一片坟地，
阵亡的将士都长眠于此，
那林立的碑石上镌刻着姓名，
定格了他们对国家的贡献。
这是国王的特意设计，
让先烈的英勇时刻激励着后人，
也能让众将士热血沸腾，
充满仇恨斗志昂扬。
在一次次的冲锋中，
他们喊着英雄的口号，
视死如归，浴血奋战。

王子也看到了这些碑石。
他眼中，每一块静默的碑石下面，
都住着一个冤屈的灵魂。
他总能听到它们的哀号，
声声凄冽，响彻云天。

在无数个漫长而无助的黑夜里，
它们还拖着残缺的躯体，
向王子索命，
手伸得好长好长。

将军在战场上杀敌无数。
他有着猛虎的胆魄，
豺狼的凶狠。
一个个头颅堆成功勋，
将他铸成了国家英雄。

为了让王子也变成英雄，
将军定下了每天的功课，
教王子可敌万人的兵法，
也陪王子一天天练剑，
要想把稀泥扶上城墙，
便要把顽铁炼成精钢。

一日日汗水洗铠甲，
一天天吹角激血性。
一刀刀恨意吐锋芒，
一声声呼喊助威风。
一场场搏命显悍猛，
一次次厮杀铸铁胆。
还有那士兵助威的呐喊，
还有那刀剑撞击的火星。
更有擂动的战鼓，
能唤醒沉睡的山峰。

欢喜郎却总是拧着眉头，
他心中时时响着哭声，
久久的压抑像反弹的皮球，
宣泄出无尽的怒气和反感。

这一日忽见他要起威风，
他怒气冲天，步步逼近，
一刀砍断将军甲，
一声声诅咒犹如暴雨，
一刀刀曳风勇不可挡。
骂屠夫你害了千万条命，
今日里讨命债不留情面，
言语间却似患了疯病，
动作癫狂赤红了眼睛。

将军虽武功盖世，勇猛无比，
但见王子出其不意地舍命攻击，
竟只能一味防守和躲避。
他边逃边命士兵报告国王，
国王赶来，大喝一声，
却见王子一声大笑剑如风，
卷成了雪光一条龙，
刹那间攻击的对象已转移，
在父王面前也毫不留情。

国王抽刀挡开飞来之剑，
第二剑却已挥至他喉咙。

接着宝剑卷起致命的银光，
仿佛暴雨般泼向国王。

国王虽自幼习武身经百战，
闪转腾挪中也不免暗暗吃惊。
他见王子的剑法迅疾狠辣，
更翻动冲天的杀气和仇恨。
心头暗喜训练的成效，
一走神便现出破绽。
那利剑乘机刺入快如闪电，
将要破胸毫不留情。

眼看国王就要毙命，
忽听那将军一声暴喝。
仿佛晴空中炸起霹雳，
震醒了王子的迷情。

王子定住身形如梦初醒，
双眼才透出理智的光明。
他摇摇头，再摇摇头。
他揉揉眼，再揉揉眼，
看到面前站立的父王，
他立刻弃了宝剑，扑通跪下，
在父王的脚下，他声泪俱下：
"孩儿罪该万死失了分寸，
半疯半癫里冒犯了父君。
请父王息怒不要怪罪，
孩儿刚才正练那杀敌之术。

眼前只看到一个个敌人，
却看不见父王的圣容。"

国王惊魂未定，有气无力。
他一改往日的威严，对王子道——
"你生出血性勇猛战斗，这是好事，
父王怎还怪你冒犯？
只是王儿刚才情志极为反常，
是何缘故？"
王子一脸委屈。他说，
朦胧中只觉得自己已不是自己，
他成了复仇魔王，索命妖精，
好像集聚了无数无量的怨气。
眼所见者，皆是仇人，
耳可听者，全是敌声，
而那仇家敌人，竟全是本国将士。

国王冷哼一声："好可笑，
原来你看错了定盘星。"
国王刚才满心的欢喜，
刹那间变成阵阵凄凉。
他说："原来你是走火入魔，
颠倒了内外与恩仇。
你的仇人是敌国，
为何倒恨起自己人？
你现在不妨拿起剑，
杀死你父王也称心。"

王子连连磕头，
他边磕边申诉。
他说："我真是不由自主。
那一刻，我仿佛被厉鬼控了身心，
我还看到无数死去的士兵，
无数年迈的母亲，
无数哭泣的寡妇和孤儿。
他们恓惶的脸，一直在我眼前晃。
他们一直晃，一直晃！
终于，一股怒气冲破胸腔，
我完全没了理性。"

他对老国王说，那依附的厉鬼固然可怖，
但也是可怜的亡魂，他们有冤无处诉，
有恨无处泄才找到他这个出口。
儿臣恳求父王，
息了愤怒，息了刀兵，
再也不要打仗了，给天下一个太平。

他边哭边说，边说边哭：
"自从上一战血染身心，
觉得一身腥臭迷真魂，
满天的刀光在闪烁，
满天的人头在飘零，
满天的哭声不停息，
满天的泪水像瀑声，
青天下时时淋血浆，
两耳中时时闻杀声。

虽然父王霸业成气象，
却总是狼烟四起动刀兵，
这样的霸业儿臣实难承当，
望父王放我当一介草民。
我愿在阴山脚下当羊倌，
我愿在渭水河旁当钓人，
我愿在终南山里修道业，
我愿在无人谷里过一生。
我不愿为了霸业兴杀戮，
我不愿为了私欲动刀兵，
我宁可不要这太子位，
也要做一个闲散人。"

国王一听如雷霆怒——
"好一个逆子你不是人，
为父的用尽千般计，
就是想让你有血性。
为父的使了万种情，
就是想让你成英雄。
你却如此不成体统，
枉费了老父一番良苦意。
你空有一个男子相，
却不如一个弱妇人。
你空有一个贵族名，
却没有一点担当心。"

国王被怒火烧红了眼睛，
一脚踢翻跪着的王子，

又连扇了逆子几个耳光，
又发出歇斯底里的吼声——
"你这猪狗不如的懦夫，
枉生了一个男儿之身！
为父内忧外患熬干了心血，
还要为你继任铺平道路。
只盼你成为那中流砥柱，
也好整顿山河定乾坤。
你却如一摊发臭的烂泥，
空有一个皇族的名分！

"你睁眼看看天下势，
我咋是为了私欲动刀兵？
这大好河山里有父母，
这万里乾坤里有百姓！
那敌国磨刀霍霍正虎视，
哪容你花前月下逍遥心。
纵然是你不图名利逞一快，
也应该想一想百姓子民！
要知道天下苍生多受苦，
救人出水火才是英雄。
你要解民众于倒悬，
你要给苍生降甘霖！

"常指望，你在马背生血性，
谁料想，你用美酒娱愁情。
空有一副金玉表，
装的却是败絮尘。

你看看那将士鄙夷的眼神，
你再看看为父的失望之心！
与其留你头颅戴王冠，
不如砍了它不再丢人。
免得丢尽了祖宗颜面，
免得连累了天下苍生！"

国王悲愤交加，情不能抑。
他抽出了佩刀，砍向王子。
王子绝望地闭了眼，
只等父王的利刀落下。
突然听得母后一声"快跑！"，
他本能地闪过父王刀，逃向远方。
国王气极败坏，紧追不舍。

母后见儿子逃得恓惶，
心头涌上了无尽的疼痛。
眼见那锋利的刀尖，
时时划破儿子脊背，
划出一块块淋漓的血肉，
像利剑穿过母亲之心。

她忍不住厉声哭喊：
"陛下心肠好狠，
你没受十月怀胎之苦，
你没有揪下心头之肉，
你没有舐犊情深慈母心，
你没有血肉化奶喂孩婴。

当初从襁褓里的婴儿，
养到如今的俊秀儿郎。
你怎能用利刃来割砍，
这血浓于水的亲情。

"你虽是好心想叫儿成才，
但小树参天需要光阴。
哪有天生的英雄种子？
哪有青松不经霜风？
跪求陛下能息怒开恩，
再给王子一点时间！"

国王闻听此言更生怒气，
怒斥了王后的妇人之仁——
"庭院里养不出千里马，
花盆里栽不出百丈松，
好汉要经过战场的锤炼，
英雄要经过战火的洗礼。
你看他缩头缩脑的懦夫样，
哪里有半分男人的威风？
若是我战场上归了天命，
向谁托付那社稷江山！"

王后哭道："陛下请息怒，
切勿急坏了身体。
孩儿的胆魄终究能成熟，
揠苗助长会适得其反。
他现在已被那邪祟所迷，

再强压恐会疯了心智。
求陛下再缓一缓啊，
让孩儿也能喘一口气。
你的钢刀虽利去杀敌人，
你何必对着亲骨肉逞能？"

国王对王后横眉立目，
又骂道："慈母多生弱子。
以前我一次次硬心锤炼，
你却一次次软化拖延。
王子的成长需要时间，
那敌国的进犯可曾延缓？
你可知边境又燃起了狼烟，
我又要带上兵马去征战？
我身上的伤痕已织成了网，
我衰老的臂膊也不再强壮。
我还能有多少时间，
让王子的软弱变成强悍？
这次我定要带他去战场，
用鲜血浇铸他英雄之胆！"

王子闻听此言复又跪下，
连连磕头哀求父王——
"请父王熄去冲天的怒火，
孩儿有几句肺腑之言。
我宁死不想再上战场，
我见不得那血腥漫天。
我怕那锋利兵刃的寒光，

我怕那血肉模糊血水汪洋。
我眼中这是地狱般的可怕，
我感到噬骨的疼痛和创伤。

"我头晕腿软并非因为懦弱，
而是不忍杀戮天性善良。
那刀剑刺进别人的身体，
也像刺进了孩儿的胸膛。
每个将士只有一条性命，
死去便永远不能复生。
人生在世不过几十年，
何必挥动那残杀的刀枪？

"人活着不需要太多粮米，
养羊挤奶也可疗饥，
穿衣也不必是绫罗绸缎，
遮风挡寒可种棉，
还可以驱牛去耕田，
品茶喝奶也无妨。
早看日出晚看霞，
沐着清风望月光，
时有歌声来娱情，
便是人间好时光。
生活本就简简单单，
满足温饱便得安详。
要知道成山的金银如同梦幻，
偌大的地盘也有如虚设。
活着便纵然有千里国土，

三尺墓坟就可以埋棺。
犯不着为了一点贪念，
就取他人性命制造恶缘。
冤冤相报永无尽头，
杀杀伐伐哪有个完？
今日里你杀她丈夫，
明日个他杀你儿郎，
杀人杀马动杀气，
天地变成一屠场，
暴行和哭号填满人间，
看不到一点人性的闪光。
若是生活变成了屠场，
这样的苟活我不留恋。
父王与其让儿臣上战场，
不如将儿臣一刀两断。
既不会丢了祖宗的脸面，
也能遂了儿臣的心愿！"
王子说完便伸出脖子，
他目不转睛，一脸淡然，
恭候国王的宝刀来砍。
国王万念俱灰恼怒之极，
心一横便挥起雪花钢刀，
王后扑上来跪倒在地，
她流泪劝国王不可莽撞。
这一刀砍下便不可挽回，
会成为陛下永远的创伤。
王后悲痛欲绝，边哭边劝——
"其实王儿所言不无道理，

经书就老讲慈悲行善。
上天有好生之德，
王儿只是不造恶缘。
陛下也常常整修那寺庙，
提倡多行善道才得安康，
若是因为王儿善良招来杀祸，
天下的百姓也会心寒。"

国王看着跪下的母子，
他心乱如麻，刀停半空，
再也砍不下去。
说："你们都是妇人之仁，
强盗不会讲这些善良。
此刻他们正举了那屠刀，
在边境燃起了烽烟。
我若不带兵去浴血奋战，
便会血流成河生灵涂炭。
老弱病残也会惨遭屠杀，
金银牛羊都会被抢光，
男子被掳去做奴隶，
女子尽数被强奸。
国破之后便是人间地狱，
你到哪里去放牧牛羊？
那时连自由都是奢望，
还谈什么信仰和善良？
自古说时容易做时难，
好生之德要看对象。
慈悲心没有错误，

错的是毒蛇不听良言。

"想当初我起兵也为百姓，
没有武力哪里有家乡？
你再想想当初的惨痛，
全族同胞尽数为奴，
饥寒交迫任人欺凌，
更罔谈什么信仰和尊严。
我东征西杀了几十年，
才有了如今的生存地盘。
比如眼下敌兵又至，
你去向敌人说一声善良，
看他是否会退兵，
会不会放过咱美好家园？

"心有善意非坏事，
迂腐却会害江山。
要是咱王子成了懦夫，
国家就会失去栋梁。
生也死也虽是小事，
江山社稷还要思量。
大丈夫要为民做主，
百姓需要英明的君王。
个人生死且不谈，
天下苍生也会陷入祸患！

"于今我只有他一个儿子，
当然要多费心思多教养。

看起来为父心太狠，
其实也为了他着想，
你想江山社稷是大事，
哪一个不想当国王？
这世上多是狼虎辈，
你成绵羊就会完蛋。
身边也会有阴谋者，
总想在陈桥搞兵变，
要是你只有妇人之仁，
江山必定会改变模样。

"他以为想做草民便是自由，
真是天真可笑的一厢情愿。
这孩子既生在帝王之家，
他的命运就没法挑选。
不指望他东征西讨成就霸业，
只盼他能守成保一方平安。
这虎狼之世若无血性，
早晚会遭受他人暗算。"

王后说："王子并非和陛下作对，
只是他天性懦弱不刚强，
心有余而力不足，
筋骨不强胆不壮。
我也用过千般妙方，
却难改变他懦弱心肠。
问世上可有脱胎换骨的灵药，
好让那绵羊变成虎狼？"

奶格玛发现欢喜郎陷入悖论：
如果他没有英雄气，
在乱世之中就难以周全。
如果他崇尚暴力有血性，
又会异化为杀人魔王。
奶格玛发出了千古一叹，
谁来交上这难解的答卷？

第 35 曲　命运之赌

欢喜郎看到了母亲的泪水，
起初是一滴，
它从母亲的眼眶缓缓溢出，
而后就汹涌了。
它们流淌在母亲的脸上，
也汪洋在欢喜郎的心中。
他有些恨自己了，他真是不孝。
是他连累了母亲。
他不愿屈服命运却又无处可逃。
他不能想象自己如何再上战场，
那鲜血，那惨叫，
那身首异处的惨状，
都是一支支射向他心脏的利箭，
那满地的头颅更是他的噩梦，
让他心神不安，昼夜不宁……

但看到母亲悲伤的样子，
他又强打起了精神。
他走过去，拥住母亲颤抖的肩头。
口中喃喃自语，
他像说给母亲听，
又似在自言自语——
"母亲啊请不要过于伤心。

我知道父王是为我着想，
但我更想实现内在的神性。
它是每个人本有的智慧，
超越一切概念和形式。

"我关注生命内外的合一，
而不像父王只关注外相。
外相定然伴随问题产生，
人有欲望总想达成控制。
要知道控制也就是被控制，
你执着什么就会被什么囚禁。
如果想从那牢笼中解脱，
需要转变的是心的视角。

"我喜欢包容接纳、自由和开放，
我愿意趋向人性之美。
父王注目于割裂的局部，
我更愿实现整体的融合。
如果不能百川入海，
即便可暂时形成汪洋，
终究也会干涸成荒凉。
如果没有和平的太阳，
即便暂时繁华如盛世，
也终究难免衰败的凄凉。

"身为王子，我庆幸——
我庆幸自己见过了奢侈和贫穷，
见过了无尽的繁华和荒凉。

见过了卑微和高贵，
也见过了仁慈和残暴，
随后我才见到我自己。
当我看见自己，
我才看清这世界的真相。

"我发现父王征战几十年，
我们却愈加焦虑和不安。
百姓流离失所，苦不堪言，
时时需要流血时时需要备战，
让人人都不能从容和坦然。

"我看父王就像看一个故事，
我清晰地知道有着怎样的结局——
这样你争我夺，杀来杀去，
怎能有和平的曙光？

"世上万物，都是一面镜子，
从它们呈现的影像里，
就能看到我们自己的命运。
我发现选择什么样的生存方式，
就会有什么样的命运和结局。
当我们选择了杀戮，
就定然要接受暴力的赐予。"

说罢欢喜郎望着母亲，
其实他更是说给父王听。
多希望父王能从中领悟，

明白这显而易见的真理。
多希望他英雄的父王，
唯我独尊的父王，
万万人之上的父王，
能听出他的弦外之音。

却见国王一听怒气又生，
他斥责王子只会逞口舌之能。
他说："这一次敌国来进犯，
你出计谋。
你保和平。
你用你内外合一的理论，
看看他们是否会退兵。
或者你到敌营去说教，
你用你的神性感化敌人。
哪怕因此送了性命，
也强过在这里四溅唾星。"
说着，他狠狠地哼了一声。
这一声，哼出了小蚂蚁的喷嚏，
却哼没了众人的呼吸。
时间停止，空间凝滞，
只有国王的声音在空气中流淌——
"老子我野牛野马都能调教，
不信治不了小崽子的毛病。
在场的谋士百官听令，
大家一起想办法出计谋，
看如何激起王子的血性，
让他变成真正的男人。

有良策被采纳者，赏银五千两。"

王后听后着了急，
她一把抹去脸上泪水，
叫一声"陛下切莫冲动"。
为了保护儿子，
她一改素日的沉静少言，
急切的话语汩汩而出——
"种子决定了自己的命运，
小树参天需要时间，
揠苗助长会损伤本元。
王儿既有帝王的基因，
就该给他时间，让他自然成长。
王儿的症结本在心里，
心病需要那心药来医。
你这样硬打硬磨用蛮力，
只会损伤王儿的身体。"

国王听王后又在护犊，
心中的无名火再次升腾。
他挥动宝刀又横眉立目，
说："我定要带他再受战火洗礼，
只有血与火能锻出精英，
妇人之仁只会误事！"

王后见国王心意已决，
决定使用最后的办法。
她偷偷望了一眼国王——

她还是有些怕他，他的勇猛，
他的强硬，他的说一不二，
这些曾让她最欣赏的优点，
此刻都让她心生畏惧。
她的脸开始发白了，
她的心有些忐忑，
但为了儿子，
她只有一往无前了。
她故作镇定，声音也坚定了许多——

"你有你的打算，
我也有我的主意。
按照祖宗的惯例，
我要给他成婚。
不孝有三无后为大，
他生子前可以不上战场，
这是祖宗留下的规矩。"
说罢王后命人叫来若兰女，
说相士断言她洪福齐天，
有了她国家定会安康，
有了她儿郎能当君王，
有了她就能风调雨顺，
有了她更能国泰民安。
她便是传说中的玉女宝，
欢喜郎若是跟她成婚，
日后定能成为转轮圣王，
这次也可不用再上战场。

国王心头涌起阵阵怒火，
没想到王后竟如此糊涂。
她只知道无原则地溺爱孩子，
每次都破坏自己的计划。
他冷笑几声扬起刀眉，
说："看来你有意和我作对，
我想叫弱儿变成英雄，
你却想叫他成为懦夫。
罢罢罢我懒得跟你论理，
你当然有你的铁算盘，
我也会有我的好安排。"

说完话他定睛看着若兰女，
本想用王命解除他们的婚约，
不料他目光触到此女身，
竟然由威严变得和善。
他心中也不由得生起柔情，
好像那冰山开始融化。
国王觉得这感受好生奇妙，
此女子果真很不一般。
她身上有种安详的能量，
居然能让他怒火顿熄。
他想，莫非她真是玉女宝？
她既是尤物，又吉祥无比，
莫非真能转凶为吉遇难呈祥？

忽然间他念头一动心生一计：
借她，或能逼儿子生起血性。

他转过头对王后冷笑一声，
说："你们早想算计孤王。
你不怕我雷霆震怒废了你，
将你打入冷宫不见天光？
你不怕我再选女子立为王后，
来打碎你的如意算盘？"

王后未料国王如此绝情，
不念结发夫妻多年患难。
自己一直对他情深意厚，
在他出生入死的几十年中，
她何尝有过一刻的轻松？
她日日过得胆战心惊，提心吊胆，
生怕他有什么意外。
如今，她羞涩的红晕被黑斑替代，
她光洁的额头已爬满皱纹，
她袅娜的身形被桶腰取代，
他却竟然想另立王后，
即便为孩儿，也是丧心病狂。
她的心被狠狠扎疼，
她感觉一阵发冷。
无数双眼睛齐齐射向她，
令她羞愤交加如临深渊。
但箭在弦上，她也不能不发。
她咬牙切齿慢慢地说：
"你有你君王的威风，
我有我烈女的绝情，
倘若你不顾情意另立新宠，

我就和那女子同归于尽。"

国王冷笑着指指若兰：
"我看中的女子就是她了。
你可以拔剑杀了她，
也可以为她置办婚装。
只是她不再是太子之妃，
她会日夜间侍候君王。
普天之下莫非王土，
率土之滨莫非王臣。
我选一个女子当我的妃子，
也合乎礼节并不过分。"

疯了！他彻底疯了！
这番话仿佛晴天霹雳，
所有人都呆若木鸡。
欢喜郎直了眼睛，
若兰女满脸羞愤，
王后闻言更是惊怒交加，
想不到国王竟如此荒唐。
她沉脸变色呵斥一声——
"你无耻荒唐不近情理！
你明明知道他们早有婚约，
你明明知道他们似海深情！
你明明知道他们青梅竹马，
发愿生同床死同穴永远不分！
你偏偏要夺人所爱造下大孽，
你伤害亲生儿子于心何忍？

你要是真的父夺子爱，
我便能将她一刀了断！"

国王大笑几声，
一句狠似一句——
"要是伤了她你也活不成。
那时王子不仅失去爱人，
还失去一个慈爱的母亲。
我照样带他再上战场，
反而没了那些牵绊！"
说罢他斜眼看看王子，
又扫了一眼若兰佳人。

王后一听泪流满面，
望一眼若兰欲说还休。
若兰早已涨红了脸，
望着王子不知所措。
王子不敢与爱人对视，
他低下了头一脸赤红。
父王的大笑很是刺耳，
那笑声让王子无比惶恐，
心中脑中都一片空白，
像塞进了千万只蜜蜂。
整个世界都是嗡嗡之声，
消融了他所有的清醒。

父王却一步步逼近王子，
眼中露出了傲慢和挑衅。

他冷笑说："你可想保护你的女人，
你可曾在心中生起血性？
你是否仍然那样软弱，
你是否仍想当缩头乌龟？
若是你还有一点男人的血性，
现在就拿起剑决一雌雄！"
说着把宝剑踢到王子脚下，
自己举刀等候进攻。

他想，这次揪住了王子的心头肉，
定能激起他的英雄之魂。
自古英雄难过美人关，
无妨冲冠一怒为红颜。
却见王子满头大汗浑身发抖，
像是在梦魇中挣扎不停。
他无助地望望父王，
又无助地看看母亲，
再看看可怜的若兰，
却不知如何应对眼前的危境。
他有心拿剑又伸不出手，
他想站起来却没力气。
即便是有杀父之仇的怨敌，
他亦不敢舍命去搏斗。
何况两边都是至亲，
一个是爱人一个是父王。
只剩下慌乱与疼痛，
只剩下无措与惊恐。

若兰女见王子这情态，
心中涌出一阵阵失望。
她知道国王的真正用意，
也清楚王子已经指望不上。
于是她恨恨地银牙紧咬，
叫一声："陛下可曾当真？"
国王说天子哪有戏言，
话出如箭出不可回收！

若兰说既如此待小女打扮，
也好换新装侍候父君。
说话间拔出了身上小刀，
在脸上划出深深的伤口。
顿时刀下溢出一片赤红，
月貌花容化为恐怖血腥。
众将士上前夺下了小刀，
将若兰急急送去治疗。

这意外的残酷场景，
也惹起奶格玛悲悯之情。
急忙吹一口仙气送去能量，
好使她日后不留伤痕。
又看到王子生出一丝怒气，
那怒气往往是魔鬼的种子，
赶紧吹去柔和的清风，
熄灭了刚刚冒头的火苗。

意外插曲让众人手忙脚乱，

莲灯前的奶格玛好个心疼。
她长叹了一口气。
她感叹若兰之刚烈，
还有那国王的荒唐行径。
她知道那国王心中所想，
是要让儿子生起血性。
却也知那血性一旦生起，
便可能有另外的剧情。
国王何其愚也，
他费尽心机想要唤醒王子，
却不知他所谓的清醒只是着魔，
它能让人奋进，也能让人没有底线。
它能杀敌，也能让屠刀砍向自己。

却见欢喜郎跪到国王膝前，
叫一声："父王怜悯孩儿，
别再让孩儿心中苦痛。
眼看着若兰花容已坏，
请父王慈悲收回成命，
父王已经有那后宫三千，
少一个丑女子又有何妨。"

国王见此情景又是火冒三丈，
那逆子如同烂泥扶不上墙，
还不如一个弱女子刚烈。
既然已到这一步，
索性坚持到底破釜沉舟。
他用鄙视的目光望向王子，

从牙缝中狠狠挤出两个字——
"休想！"
他又说："除非你随我出征得胜回营，
否则我便纳了这玉女之宝，
自古佳人要配盖世英雄，
岂能委身于一个草包！
你若是真心爱这个女子，
就快去准备那兵器戎装。
在战场上杀敌人立军功，
为你的女人发一次奋勇！"
说罢国王便转身离去。
留下绝望的母子二人。

百官和将士亦默默散去，
心中充满对王子的同情，
更有对未来的担忧，
不知这国家将何去何从。
王子与王后抱作一团，绝望痛哭。
他眼望苍天大声呼喊：
"为何让我生在帝王之家？
我生性善良却要被逼杀戮，
我教人慈爱却生逢战争。
如今连爱人都受到伤害，
我还有何面目恋此残生？"

说罢捡起宝剑欲行自刎，
却被王后死死抱住手臂。
王后大哭："儿啊切勿冲动，

你且先遂了父亲再作打算。
不到最后一刻不要绝望，
说不定便会峰回路转。
佛家说自尽是一大罪业，
会堕入地狱永不能做人。
凡事皆有应对之策，
不要一时激愤走入极端。
你是娘亲的心头之肉，
你若自尽也就杀了娘亲！"

欢喜郎闻言一阵哭声，
他感到绝望无助和伤痛。
他只想安安静静过完一生，
可他没有选择的自由。
那划在爱人脸上的伤口，
同时也割碎了他的心。
他疼得几乎晕厥，
也恨自己的无能。

数日后国王带兵出征，
他和欢喜郎分为两营。
辅佐王子的是一员大将，
既有智慧又十分威猛。
凛凛的身躯像一座铁塔，
满脸的浓须像一片森林。
这也是国王刻意的安排，
他必须保证王子的安全。
更希望通过一场胜仗，

彻底激出王子的血性。

国王也带了一万人马，
他对欢喜郎发出指令。
他说："这番大战既为保家卫国，
也是两个男人间的比拼。
我跟你各率一队人马，
谁的战功多谁拥有美人。
要是你这一番争得战功，
回来后我允你跟她成亲。
要是你这次再临阵脱逃，
我得胜后就纳她为新宠。
那时节你不要捶胸顿足，
也别怪为父的不近人情。
这是两个男人间的打赌，
也算是命运给你的公平。"

欢喜郎听父言面无表情，
内心深处却波涛汹涌。
明知道指挥作战不是内行，
也明白自己不敢厮杀搏命。
更想起那漫天头颅的噩梦，
他已经开始隐隐眩晕。
心中不断地暗暗叫苦，
又牵挂心上人的伤情。
自己像那待宰的羔羊，
只能等命运的屠刀降临。
他向苍天发出声声祈祷，

希望这次能出现奇迹。
否则宁可死在敌人刀下，
也不愿面对这不堪的人生。

奶格玛读懂了欢喜郎的心，
不由得心急如焚，焦虑不已。
她知道，此刻他真的陷入困境了，
这是个没有选择的选择，
若再不破局，恐怕他真会丢了性命。

第 36 曲　屈辱

这是一片空旷的土地，
它静谧，安详，宛如世外桃源。
此刻，它正享受着头顶清澈的蓝与流动的白，
一大片格桑花燃烧出艳艳的色彩。

奶格玛静静地看着，有些不敢呼吸。
她生怕一不小心，会扰了
那飞舞的蝶和采蜜的蜂。
她的心情沉重，
没有人知道，这个美丽的世界即将
面临一场灾难，到那时
万木将会受伤，无数鲜花将会一起阵亡。
她很想在他们交战的时候，
掀起一场恰到好处的沙暴，
阻止他们的自相残杀。
然而，当她在观察对方将领时，
却发现他身上有一种熟悉的神韵，
那种气场，时时让她产生恍惚的感觉。

她很想依托那种熟悉寻到些什么，
可当她屏气凝神，它却无影无踪，
她回到现实，它又萦绕在她的周围。
它一直与她捉着无聊的迷藏。

她想，也许这是命运的剧情，
在这场即将上演的剧码里，
她只好放下介入的想法，
做一个隔岸观火的观众。

在那豪华而又冷寂的皇宫之中，
王后带了若兰在神像前，
沐手，焚香，点亮灯盏。
只见她们双手合十，
虔诚地祈祷，
她们没有说话，但——
她们的眼睛，在替她们说。
她们凝重的神情，在替她们说。
她们心中的一份疼，在替她们说。
二人跪在神像之前，
心中一起发出了祈祷，
望上苍保佑王子平安，
好尽快走出这生命危局，
别在铜墙铁壁里熬煎。
王后包容王子的善良，
若兰喜欢王子的善良，
她们都不愿让王子去杀戮，
只希望亲人团聚国泰民安。
她们把心愿，
写在木片上，投向火坛。
无数的白蝴蝶、黑蝴蝶、红蝴蝶
就携了她们的愿望，
争先恐后去向神灵报告。

但她们还是不放心，
她们请来巫师占卜结果，
哪知巫师却闪烁其词，
他说王后莫要忧虑，
一切都是命运的安排。
王子虽然天性善良，
在战场上必定会处于劣势，
但吉人自有天相。
他虽然暂时陷入了困境，
但日后必有殊胜的因缘。
奶格玛再看欢喜郎，见他步履沉重，
他成了真正的木头人。
木然的脸，木然的身影，
木然而被动地往前走着，
每一步都异常艰难，
他正在面临巨大的折磨。
在日后成就的净光里，
他的灵魂述说了那番历程——

"我听到战鼓肉跳心惊，
身边的战士却热血沸腾。
战马嘶鸣声进入神经，
像锯条扯出心的锐疼。
战场上响起惊天的吼声，
那万人的战阵向前涌动，
大地被震出一波波颤抖，
冲天的杀气像波涛汹涌。

"敌人的呐喊像水入滚油，
飞来的箭矢像漫天蝗虫。
它们带着尖锐的呼啸，
扎进一个个士兵的身躯。
惨叫声钻入脆弱的耳膜，
鲜血染红了西天的彩云。
我六神无主浑身酸软，
一阵阵战栗中胆战心惊。
双方像迅速合拢的门板，
中间只留下一丝缝隙。
敌阵中冲出一员大将，
我认出是上次的鸟人。
他名叫威德郎勇猛无敌，
威风凛凛好似天神。
他那双眼睛尤为可怕，
像牛眼又像豹眼像要吃人。
上一回我便遭遇了他，
吓得我落荒而逃好个丢人。
此人好像是狸猫转世，
我便是那老鼠投生。
他天生就是我的怨敌，
一打照面就像遇见煞星。

"听说他天生神力勇猛无比，
能徒手撕裂敌人的身躯。
这边境所有的祸乱纷争，
都因这威德郎好战而生。
一场场大战风云变色，

一汪汪血水染红荒漠。
这人天生便是魔王，
阎罗王守护着他的命宫。
他最大的武器就是愤怒，
他最强的能量就是嗔心。
只要他有了雷霆之怒，
边境上就必然有血腥之风。

"慌乱间威德郎已到阵前，
喝一声'小贼子何不投降'。
只这一声霹雳般的暴喝，
我便被他震散了心神。
身躯一晃就要跌落马背，
手瘫脚软急忙拉住缰绳。

"我强打精神反问一句，
'你为何老是侵我边疆？
我们各有各自的地盘，
各自的百姓都安居乐业。
你为何总是兴起战火，
为何总涂炭两国生灵？
你可知上天有好生之德，
自然法则是杀人偿命。
这一世你夺了他人性命，
下一世你也得偿还人命。
所有好战者都是罪人，
何不安居乐业共处和平？'

"说完这话，我大汗淋漓，
浑身颤抖，怯心显露。
那威德郎见状哈哈大笑，
敌方的将领也面露讥讽。
我方将士则低下了头颅，
都在为我的懦弱脸红。

"威德郎说：'好一个迂腐书生，
听说你没有血性不如女人，
没想到你还如此迂腐，
你可知啥法则适应丛林？
你可知自然界弱肉强食？
你可知我为刀俎你为鱼肉？
你可见这土地就这点资源，
你占有多了我就稀少？
再说这地盘本属于咱家，
是你父亲带了人巧取豪夺。
他原是咱家的奴隶走狗，
凭借着暴力聚沙成丘。
以前是父王力不从心，
我长大当然要顺应天命。
卧榻之侧不容他人酣睡，
分久必合合久也必分。
我勇猛无畏天纵才俊，
定然会带神兵讨回公平。'
我说：'你这是强盗逻辑，
我们祖祖辈辈生活在这儿，
是你们凭借暴力侵占了地盘，

让我们当牛做马足足百年。
父王不甘屈辱起义成功，
奴隶才翻身做了主人。
事实上，我们才是正义，你们是非正义。
你们是恃强入侵，我们是保卫家园。'
威德郎闻言又哈哈大笑，
说：'你不但迂腐还很愚蠢。
正义只是弱者的逻辑，
就像鸵鸟把头埋进沙中。
只有兔子叫狮子讲正义，
哪听说狮子跟兔子谈公平。
对于有力者来说，
强大才是正义，
存在即是合理，
物竞天择适者生存。
当魔王的力量大过天帝时，
魔王就登上了天帝之位。
至于你说的家园之类，
也只是一厢情愿。
我要是带兵占了敌国，
敌国也会成我的家园。
少废话，来接招，
你只要挡住我这口刀，
便算是当世一英豪！'
说话间威德郎拍马上前，
对着我的脑袋抡圆了刀，
我有心接他这一招，
可是心里发怵手发软。

眼见那刀光如闪电，
不由得打马往回逃。

"威德郎大笑一挥手，
千万兵马浪一样涌。
我方将军吼一声，
也带兵冲入敌营中。
两股兵马像风搅雪，
激烈的厮杀犹如暴风。
见此状我心惊肉又跳。
赶紧打马往远处逃。
不承想那威德郎眼睛亮，
一拨马头追出了战阵。
踢一下千里马快如闪电，
叫一声：'胆小鬼往哪里逃？'
只见那人猛如虎，
又见那马快如风，
没等我做出啥反应，
已叫他提下马鞍悬空中。

"忽听得几个士兵叫，
'王子叫活捉了！
王子叫活捉了！'
这声音风一样刮过来，
刮得兵败如山倒。
咱家的士兵顿失斗志，
一路溃败一路逃。
一个个惶恐如遭末日，

军心一散好似退潮。

"威德郎一阵大笑像雷声，
他将我提在半虚空中，
拍打我的头盔连连喝道，
'投降吧！投降吧！'
我觉得脸上火一样烧，
屈辱化作奔涌的热泪。
我握住贴身的短刀，
真想与他同归于尽，
却觉得手脚好似面条。
又想与其这样在人间受辱，
还不如立马死去干净。
我咬住了自己的舌头，
可是我受不了钻心的剧痛。
又想拼命憋气窒息而死，
哪知道一阵昏迷之后，
身子却仍在马上招摇。
我恨自己的懦弱无力，
又生不起决绝的勇气。
仿佛天生就缺失那基因，
只能做任人宰割的羊羔。

"忽然听到了熟悉的声音，
原来是父王带兵追来。
父王手提大斧好似天神，
身后尾随着诸多将军。
父王叫一声犹如巨雷，

说：'威德郎你莫伤我儿，
要是你伤了他我定当拼命！
我定然会带了全国军马，
踏平你的京都毫不留情！
那时节我可不管百姓，
我为儿报仇定然会屠城！'

"威德郎听了先是一愣，
眼珠一转又哈哈大笑。
说：'我不怕你这一番说辞，
倒是理解做父亲的心情。
我将心比心饶他不死，
只是要你亲自下跪求情。
这只是一个小小的要求，
不用千军混战也不必流血拼命。
你要是不接受我的条件，
我只好将你儿一刀两断。
哪怕你杀遍天下坐拥四海，
再也没有那后继之人。'

"父王说：'你真是不知羞耻，
难道不知士可杀不可辱？
若识相立刻乖乖放人，
我让出五座城池停战休兵。
否则宁为玉碎不为瓦全，
今天我让你血溅五步。'

"威德郎举刀抵在我的脖颈，

说：'大王你可要看得仔细。
你是要面子还是要儿子，
这事可是由你选择。
要是你选好了我就照办，
那时你莫怪我不近人情。
按说我早该将他杀了，
但知道他是废物一个，
就算是把他还给了你，
也只是放生了一条小小的泥鳅。
量他也翻不起惊涛骇浪，
倒不如跟你玩一个游戏。
看看你是想当一个父亲，
还是要一个国王的尊严。
要是你当面下跪求我，
我定然会将儿子还你。
今后每当你看到他的时候，
就会想到下跪的一幕。
这会成为你心头之刺，
于无意间稍稍一碰，
便会是一阵钻心的痛楚。
要是你选国王的尊严，
你儿子便会因你而死。
你亲手送掉他的性命，
也会成为你一生的噩梦。
我也不想再跟你磨牙，
我只想问你是否愿意。
要是你再不做出选择，
这一刀下去你追悔莫及。

我开始喊一二三四，
第四下你要是还不下跪，
我定会让他血流满地！'
说罢他开始喊一喊二，
眼神带着挑衅的睥睨。

"我感到一种巨大的耻辱，
有心喊父亲不要管我，
又想到若是拼命便要厮杀，
无数人会因此血流盈地。
我左右为难痛苦不堪，
我懦弱无能任人宰割，
我闭上眼睛流下泪水，
我真是一个无用的东西。

"父王感到巨大的矛盾，
对方揪住了他心头之肉。
有心拼命怕伤了儿子，
有心妥协怕没了尊严。
威德郎的诡计他如何不知，
若是自己真的下跪，
从此便失去威望和民心。
用尊严挽回儿子性命，
百姓儿郎却要视死如归。
今后还有谁愿为国家效力，
又有谁愿意冲锋陷阵？
人心一散军队失去斗志，
国家就只能任人宰割。

这杀人诛心的威力，
远远大过城池的得失。
理智告诉自己坚决不跪，
当拿起战斧前去一搏，
豁出儿子的性命不要，
也要取这贼子的人头。
但父子之情原是本能，
它像汹涌的潮水不停涌动，
心里的剧痛淹没了理智，
身体的反应盖过计谋。

"喊到第三声父王已叫停，
说：'罢罢罢我推金山倒玉柱，
跪拜你一个毛头小子。
要让你知道我儿子的命，
远比我自己的尊严重要。
就算会遭受莫大的羞辱，
我也要拯救我的儿子。'
话音刚落父王跪倒在地，
一声声欢呼从敌营响起，
自家的阵营里发出哭声，
还有失望的阵阵议论。
这两种截然相反的旋律，
一下子涨满历史的天空。

"一时间我想还不如死去，
也强过活在世上的耻辱。
但懦夫没有自杀的勇气，

既不能杀人也杀不了自己。

"威德郎狂笑中抛下我来，
一股股尘埃扑入眼中，
我眼中早已是泪水涟涟，
大脑之中却一片空白。

"威德郎大叫：'有其子必有其父，
那看似英勇的国王也是懦夫。
为了一个废物儿子，
弃国家尊严于不顾。
你们何必为他卖命，
不如放下那兵器盔甲，
回到故乡去孝养父母！'

"说罢他在大笑中退了兵马，
留下咱家的军队立在原地。
这一番大战丢尽了面子，
让对方争到无上的荣光。
这也是一番特殊的战争，
对方大获全胜凯旋而去，
并因了这一次大振的士气，
不久后再次卷土重来。

"有时候战争为了利益，
有时候战争只为宣泄，
有时也为了一点点尊严，
扬眉吐气后便罢战休兵。

这次战斗虽然伤亡最小，
但尊严的殿堂轰然倒塌。
对方心满意足的尘埃里，
充满了我的泪水和屈辱。

"归去时天地仍是死寂，
父王和将士都沉默不语，
入城中见众百姓立在两侧，
沉默的眼里也饱含了泪水。
我感到他们的心在流血，
父王那一跪刺疼了人心。
以前的父王在百姓眼中，
是英明无比的天生神人，
只因为有了我这个废物，
让国家社稷从此蒙羞。
上次庆功的鲜花尚未凋谢，
转眼就变成眼前的悲凄。
这世上的无常也刺入我心，
让我感觉如坠梦幻之中。

"父王一路上沉默不语。
他目光呆滞，神情黯淡，
一点也不像统领过千军。
那个气吞万里河山
情系天下苍生的英雄已然不再，
他仿佛一下老了几十岁，
成为风烛残年的老人，
在暮年的时光中苟延残喘。

"他骑在马背上一言不发，
我却听得到他的心声——

"'我无法抗拒父亲的本能，
虽然这也算妇人之仁。
那些身外之物随它去吧，
尊严面子，荣华富贵，
在爱心面前仅仅是附庸。
若是儿子在我面前死去，
我会在后半世了无生趣。

"'在敌人屠刀即将落下的那一刻，
我根本没有考虑的余地，
什么江山社稷，
什么百姓疾苦，
什么国家尊严，
什么历史评语，
只要跟儿子的性命相比，
忽然间都变得无足轻重。
我承认，这是一种本能。
这仅仅是人的一种本能。
当我看到儿子回到阵营的时候，
我的心有万万根针在刺，
绞痛，剧痛，难言之痛，
它们交织在一起，让我的心滴出血，
一滴一滴，滴了一路。
耻辱，耻辱！

真是平生奇耻大辱！
想我一世英名，盖世无双，
半生驰骋沙场，何曾败得如此屈辱？
我平生只会跪天跪地跪父母，
今天却在众目睽睽之下跪敌人。
只因天不助我，生一弱子。
天不助我呀，天不助我！
奈若何？

"'我一世英名付诸流水，
皆因儿子懦弱的天性。
曾经我认为个性可以塑造，
用尽千般计策万种苦情，
然而天性就是天性，
无论如何也难以改变。
就像那天生的残疾之人，
永远不会有健康的躯体。
只是心情异常沉重，
数万大军这样铩羽而归，
而且是以最屈辱的方式。
我宁可与敌人同归于尽，
也不愿活着面对这样的屈辱。
还有那百官躲闪的眼神，
还有那些窃窃私语，
我知道他们在想什么。
由你们去想吧，
我已生不如死。

"'谁都不要跟我说话,
谁都不要来见我。
我只想把自己关在宫中,
只想在屈辱中了此残生……'

"父王的心声我只是猜想,
就像井底之蛙梦到天空。
我宁可他对我破口大骂,
或者来一场拳脚的暴风。
哪怕一刀砍去我头颅,
也远远胜过此刻的阴沉。
这种阴沉像无形的巨石,
令我窒息欲让我丧生。

"回到宫里,母亲在门口迎接我们,
但父王铁青着脸,径直走了。
见到母亲,我感觉自己真是不孝,
我一遍遍在心里骂着'无用的东西!',
我一遍遍地骂,一遍遍想象着将自己踩在脚下,
踩扁,踩碎,踩为尘埃……
我真是对他们不住。
我的心中满是懊悔,
我不由得痛哭流涕。

"母后依旧给了我关切的眼神,
一声声抚慰像温暖的春风——
'我儿不必为此事伤心,
你自小孱弱怯懦本是天性,

也不是有意要当逃兵，
能平安回来就胜过一切。
命运有它自己的剧情，
很难靠人力将它改变。
就像狼跟羊各有因缘，
其实都是自然的儿女。
没必要强扭天性让自己痛苦，
无论你咋样都是我儿。'
母亲的话难解我心中疼痛，
我不由得痛哭失声。
即便我不能当国家栋梁，
也不该叫父王如此受辱。
纵然是借来三江之水，
也难洗去我满心之羞。
有心自我了断一命归阴，
放不下父母的养育之恩。
有心我一咬牙出家修道，
也觉得对不起养我的慈亲。
思前想后不能释怀，
只能在母亲面前痛哭几声。
儿子天生无能不堪大用，
儿子我软弱可欺不是男人。
父王那一跪崩裂了我的灵魂，
我再也无颜面对苍生。
到如今不知如何是好，
我头晕目眩乱了心神。

"母亲捧着我的脸，满眼的泪。

父王的痛，在她心上，
儿子的痛，也在她心上。
从小起，因为我的软弱无能，
她承受了父王多少辱骂、
呵斥甚至暴力。
可她此刻，却忘了自己的痛。
她说：'世事都有定数，
这也是我儿你命中剧情。
过去事莫再想随风飘零，
我马上安排人准备婚事，
接若兰过来跟你成亲。
你别管跟父亲有过赌约，
那只是气头上一点情绪。
你无须为了它而生执着，
你要为若兰的命运负责。
比起一个女子的命运，
情绪不过是一阵清风。'

"想到若兰，我心里又一阵抽搐。
她因我而毁容，因我险些丧命，
她是这世上最好的女子，
她有着金子般的心。而我这
懦弱之人，又如何配得上她？
她脸上的伤口触目惊心，
这也是因我的懦弱而起。
为何我总是伤害至亲之人？
难道这也是命中注定的剧情？
连心爱的女人都无法保护，

这懦夫怎值得她托付终身……
我感到无颜面对世人，
我只想逃避尘世躲入深山。

"母亲说：'孩子你不必多虑，
我已跟若兰女交心。
她说你那天性的善良，
也恰是她眼中的长处。
她爱的正是你这颗仁心，
她无怨无悔愿生死不分。
除非你嫌弃她已毁容，
那便拒绝这一次婚约。'

"我连说不会不会，
我又怎能嫌弃若兰。
只是对她心有愧疚，
不知如何面对爱人。
如今也确实别无他路，
就烦请母亲安排成亲。

"母亲明白我的心事。
我知道，即使整个世界抛弃了我，
她也不会抛弃我。即使
整个世界误解我，她也不会误解我。

"不多时一切布置妥当，
母亲派人去带回了若兰。
她顶上红头盖绸走入宫中，

就像往日里梦中那样。
只是，经过这一段日子的煎熬，
我身心皆疲，万念俱灰。
我觉得自己真是灾星。
尽管若兰因我而毁容，
父王因我而受辱，
战事因我而受挫，
但我感觉，事情远没有结束。
新婚的喜悦并不能让我乐而忘忧，
我的心里，仍是愁云密布。
我知道那不远处的浓云里，
正孕育惊天动地的雷声。"

第十二乐章

别人的婚礼张灯结彩热闹非凡，为何他的却悄无声息，偷偷举办？别人的洞房花烛幸福满溢，为何他的却汪成了心碎的猩红海洋？看啊，泪水和着鲜血，将一颗纯洁柔软的心灵，激变成了恶魔之心……

第 37 曲　母后的心

太阳一点点浮上来，
又一点点沉下去。
王后在窗前，把自己坐成了一尊雕塑。
而她的内心，却是一场又一场的
翻云覆雨——

"是的。我是一个女人，
我上不了战场，杀不了敌，
保不了边疆，护不了国，
我只能静候我的王和我的子凯旋。

"自从他们吹响远征的号角，
我就开始把时间一点点地熬。
我把晨曦熬成暮霭，
我把圆月熬成弯刀，
我把一秒一分熬成一天一月，
我终于熬到了今天——
等来了他们的归期。

"当前线信使传来战事的情况，
无异于晴天响起一个霹雳。
王子自小柔弱，自不待言，
可那君王好强了一生，

宁死不屈，所向披靡，

如今让一毛头小子大加辱膜，

叫他如何能吞下这口恶气？

"此刻，我想起了他们出征前的赌约，

怎能让它荒唐践行？

我心绪难平，开始坐卧不宁。

'不行'，我的心中响起一个声音。

'王令不可违'，又响起另一个声音。

它们纠缠不已，互不相让。

可是，如果任其发展下去，

结果就是谁都不愿看见的——

王子不愿意。

太子妃不愿意。

我，更不愿意。

"心里好堵！

为了让王子成为血性男儿，

国王竟出此损招，欲夺儿媳。

传出去，王子的颜面何在？

国王的颜面何在？

列祖列宗的颜面何在？

何况，这关系到我儿的毕生幸福。

我如何能袖手旁观？

"盼他们归来，又怕他们归来。

只见王子，愁眉苦脸，

定然觉得愧疚难当，

连累了父王让国家蒙羞，
他失魂落魄仿佛行尸走肉。
再看国王，也是一脸枯槁，
仿佛大病了一场，
形容消瘦，步履蹒跚。

"看着他们形神憔悴，
我心如火焚，
心中搅起一阵阵苦痛。
王子的人生刚刚开始，
我要让他重新振作，
我要以喜解忧，
哪怕是自作主张，也要让他迎娶若兰。
只要他们生米煮成熟饭，
便不怕那国王再行逼婚。

"此番败仗已乱了儿子心神，
看样子他正在崩溃边缘。
若爱人再被父王纳为新宠，
他怎能安然地接受命运？
要么会沉沦要么会发疯，
一辈子都活在悲剧之中，
再也感受不到人生的快乐。
母亲的眼里没有是非，
那赌约那道义都是游戏，
我不在乎那一切的输赢，
我只要让儿子幸福开心。
一番开导后儿子顺从了，

我便马上着手布置洞房。
其实一切都早有准备，
无须花费太多时间。

"布置好洞房点好烛灯，
立好了牌位供了祖宗。
燃过了表纸敬告上天，
供养了诸位神灵。
做诸事我心中忐忑不安，
打发人盯紧了国王寝宫。
我怕人不小心走漏消息，
妨碍了我儿的终身大事。
虽然我可能会招来他愤怒，
但我们青梅竹马伉俪情深，
一同受苦一同打拼，
两小无猜到生死与共，
谅他也不会把我咋样，
便是真惩罚我也认命。
为了儿子的终身幸福，
我愿意豁出命去碎骨粉身。

"完成了婚礼刚刚歇息，
忽然间内务官前来问询，
说为何太子宫张灯结彩。
我回答我的儿刚刚完婚。
内务官大惊失色，连说不妙，
国王正命我去带若兰入宫。
他跟太子曾有过赌约，

如今有变故很是麻烦。
再说国王的身体不好，
这次好像与往日不同。
要是他有个三长两短，
江山社稷要靠何人？

"我说国王洪福齐天，
不会有意外你别担心，
此事现在由我去解释，
说罢便随了他走向国王宫中。

"我面如平湖却胸有惊雷，
我一路胆战，一路心惊。
姗姗的脚步终于到大殿，
迈进门槛的那一瞬间，
扑面而来一份从没有过的沉寂，
心变得空旷又有些悲壮。

"国王半倚在龙椅上，好像睡着了。
他手上缠着包扎的布条。
布上洇出几处血红，
正如他此刻的心。
我忘记了一路上的忐忑和恐惧，
有一种东西在我心里开始发酵。
我感到悲凉。
我心中那太阳神一般的存在啊，
他此刻却如此陌生。
他神态苍老，英气全无，

他萎靡不振，老态龙钟。
全身笼罩着沉沉暮气，
头发和胡须已显花白。
也许是流了血元气大伤，
他看上去显得非常虚弱。
最扎眼的是他头顶的那撮白，
它极其霸道地扎进我的眼睛，
直冲心中——
这个不可一世的男人，
这个浑身是胆的男人，
这个气概超拔的男人，
这个天塌下来，也是条汉子的男人，
在此刻，却是那么地孱弱，疲惫至极。
真想给他一个拥抱，像平时那样，
让他在我怀里安然地入梦。
真想给他一些抚慰，像当年一样，
让他知道，他永远都是我唯一的王。

"看着他，我的心一疼再疼。
一滴泪珠从眼角滑落……
从豆蔻之年跟随他，
半世江湖，半世人生。
多少风浪他都不曾倒下，
多少生死他都可以放下，
多少磨难他都可以吞下，
却因为自己的王儿被人如此侮辱。
此刻，整个世界都消失了，
只剩下了心中隐隐的疼。

那不是我的疼，而是他的疼。
他心里的疼，
也蔓延到我的心里。

"我轻轻地走过去，给他盖上自己的斗篷。
衣物的窸窣声惊动了他。
他睁开眼看见我，仍是一脸阴沉。
他开门见山直问若兰女，
这个问题把我刹那间拉回了现实。
我先是一阵惶恐，
心发虚头冒汗眩晕阵阵。
白纸终究包不住火苗，
为儿郎我必须强作镇定。
我说她已经跟儿子成亲，
拜过天地也拜过祖宗，
已入洞房成了夫妻。

"国王一巴掌扇在我脸上，
这是他第一次打我。
天旋地转里我先是错愕，
然后才感到彻骨的伤痛。
我四肢发软，
一个趔趄倒在地上。
我摸摸灼烫欲燃的脸，
没有说话，透过满眼的泪，
我只是望着他——
这个我最熟悉的人，
此刻却是如此陌生。

跟他风风雨雨几十年，
我们情意笃厚，相敬如宾，
除了因王子的软弱被他责骂之外，
何曾有过大的干戈？
而现在，而现在……
耳边满是他咆哮的声音——
'你明明知道我打赌已赢！
这本是两个男人的较量，
你怎能自作主张抗旨不遵？'

"我抹去了嘴角的血，
说：'陛下我与你日夜相伴，
从来没见你如此可怜。
我知你为江山社稷着想，
肩上的担子像泰山压顶。
我身为母亲同样沉重，
我一直牵挂儿子的身心。
你狂舞着大刀砍亲情，
我手拿着情线密密缝。
你一场暴雨一场风，
他一枝弱花风霜侵。
眼看他身弱心残患大病，
我只想借喜冲邪慰病心。'

"国王眼里闪过一丝愧疚，
语气却紧接着变得强横——
'你只有一颗妇人心，
妇人之仁难成事，

好钢需经烈火炼，
姑息只能养残兵。
你看那四面强敌正环伺，
还有阴险小人生反心。
一个个都虎视眈眈，
好似那饥饿的虎狼看弱婴。
如今我已年过半百，
恨不回转成青壮年。
要是我一日升了天，
这江山社稷靠何人？
于今我一逼再三逼，
就想激起他虎狼心。
哪有天生的英雄汉？
小树会长成百丈松。
我的苦心你不知，
我岂是那好色之人？
王后你何必怀疑我，
你白白跟了我大半生。'

"我说：'一切物种本天生，
松柏花草不同根。
你生就一副英雄胆，
一虎声起万兽惊，
天生神力人难及，
雄才大略赛天神。
我儿却天生懦弱心善良，
长就了一颗文人心。
你忘了，当初我烈酒当羊奶，

让他常玩击鼓常练兵，
常舞剑来常拉弓，
打小就穿铠甲衣，
更将英雄挂嘴边。
原指望他金戈铁马成英豪，
谁承想他秀外慧中一书生。
我本想生个猛龙子，
谁料想是个跳蚤王。
我知道你英雄志向吞天地，
却也知人生不过几十春。
世事皆如梦中乐，
转瞬就会成烟云。
眼前虽有诸繁华，
纷纭之后败象生。
虽然要有冲天凌云志，
也当明白万象终归空。
于是常生怜儿心，
觉得无妨顺因缘。
他每次上了战场时，
我总觉得乱箭穿心。
要是他不幸有长短，
你叫我如何能安生？
你没有十月怀胎不知苦，
哪能理解痛彻心扉的慈母？'
国王听了冷笑一声——
'妇人之仁好生可怜。
你只是怜儿心切成大执，
却忘了江山社稷靠儿郎。

我只设计诸种境况逼他活，
哪能管你妇人之仁之短视。
怨青天不遂我英雄愿，
天生弱儿难成王。
想当初，他本是稚嫩一少年，
酷爱读书与坐禅。
若是生在江南地，
定是风流才子读书郎。
琴棋书画成一好，
晓风残月伴梦眠。
或在扬州觅瘦马，
或睹云霞舞双剑。
或在西湖沐熏风，
或在月下观星象。
谁叫他生在帝王家，
苍生安危一身担。
我只能逼他生血性，
化为阳刚英雄汉。
我还会再夺他心中爱，
你莫怪我心肠硬如钢。
即使他跟若兰已成亲，
我还是要拔刀做强梁。
我誓要把他拽出温柔乡，
只因为霸业柔情不相干。
我只能割舍父爱唤来雷霆，
为弱儿铸就英雄胆。'

"我听了，越发惊恐。

他心不死，我心难安——
'你的心事我了解，
可是你手段太硬朗。
时下两人已成亲，
只求你高抬贵手多成全。'

"国王听了怒气生，
说：'我苦口婆心你不听。
这时我若太慈祥，
他年百姓受苦刑。
周边皆是虎狼辈，
一场大雪一场风。
片片雪花都是刀，
风刀霜剑逼苍生。
我儿若是有血性，
成就霸业建大功。
英雄何愁无好妻，
妇人之仁实可悯。
于今我不再闲磨牙，
只管抽刀斩凡情。
本王不做南柯梦，
豪光直射北斗星。
为了激醒梦中儿，
我必将命运之锤敲一通。'

"说罢他大步流星去，
径直走向王子宫。
我紧跑慢行往前赶，

一同来到太子宫。

"灯火映得红烛亮,
屋中喜气正滋生。
欢喜吾儿灯下坐,
若兰面上喜忧生。
明知君王无戏言,
这般冒险招祸行。
不料祸行如此快,
紧随国王闯进门。
刀尖挑来大绝情,
惊雷过后有大风。

"国王大步跨上前,
一把拽过若兰女。
踢翻拜堂香烛案,
仰脸怒视欢喜郎。
手按刀柄不出声,
只瞪虎眼盯儿郎。
一时空气都凝固,
儿像末日已降临。

"国王搂过若兰女,
一指指向儿眉心。
说战场你屄成窝囊废,
此刻还有脸面入洞房。
按约这女子已归我,
自古佳人配英雄。

我前番只是夺你爱，
今朝又成夺妻恨。
你当生起拼死心，
抽刀保护你女人。
她若叫我夺了去，
枕席之间成一景。
男儿应当有血性，
保护妻子清白身。
此刻你当抽出刀，
刺死仇人才合情。
这世上有两件事最不可忍：
杀父之仇高过天，
夺妻之恨比海深。
此刻我正夺你妻，
你为何还不生血性？
你当抽刀刺向我，
一击之后成英雄。

"王子面如土色冷汗如雨，
他说：'父王千万别逼我行凶，
我宁愿自尽了此残生，
也不愿拔剑对准父亲。'

"我听了五脏犹如刀搅，
无奈和疼痛是扎心的钢针，
一下下、一针针血肉模糊。
那是一种灵魂的撕裂，
引发彻骨的痛楚和揪心。

"国王仍是步步逼近，
一声声暴喝犹如雷霆：
'你要是一个血性男儿，
就拿起钢刀砍我的头颅。
这世上尚无能杀我的人，
你要是取了父王的性命，
你就是顶天立地的英雄。
难道你忘了那战场的耻辱？
难道你忘了那将士们的眼神？
快快快，抽出你的钢刀，
挥一刀成就你一世英名。'
说着他眼中露出血腥，
豹头环眼好个可怕，
喷出一道道电闪雷鸣。

"王儿吓得浑身颤抖，
把身躯伏在地上痛哭失声。
他一再磕头求父王开恩，
莫要逼儿做强梁歹人。
我的心也是一阵阵抽痛，
无尽的炸雷在脑中轰鸣。

"忽听得若兰女发出哭声：
'请国王赐我一匹白绫，
我悬梁自尽自我了断，
免得父子相残我成了罪人。'

"国王喝一声小贱人放肆，
'难道你忘了打赌的事情？
目前你不是王儿的妻子，
我让你伴我去逍遥宫中。
你若是不想跟我去逍遥，
叫你的夫君生出血性来。
我们两个男人再决一战，
赢了我就会让你遂心。'

"若兰闻言看向我儿，
眼神中竟有希冀产生。
一瞬间我对她生出敌意，
莫非她要挑拨父子相拼？
我怕这出戏继续演下去，
骨肉之间果真溅起血腥，
不如现在就狠一狠心，
抽刀斩断这祸害之根。

"我悄悄告诉若兰女，
速自我了断息灭灾星。
若兰眼里闪过决绝的光，
扑通一声跪下哭诉：
'求父王一刀断我女儿头，
以平息这一场龙卷风。
我本平常一女子，
无力承担这泰山之沉。'

"国王一脚踢翻若兰女，

手指着我儿眼喷火星：
'你必须拔刀杀了我，
才能救回你的心上人。'
可怜的我儿瑟瑟发抖，
一脸无助汗水淋漓。
我当然知道此事的因果，
只要若兰还活在世上，
她就会变成可怕恶因。
它会时时掀起风浪，
让父子相残再无人伦。

"于是我偷偷抽出刀，
一步步走向若兰女，
说：'现在你最好快了断，
你已成了惹祸之根。'
我悄悄递过索命刀，
说我一生都会感你恩。
若兰接刀手颤抖，
眼角流出一滴泪，
凄然惨笑闭了眼，
手举利刃刺心脏——
咦呀，香魂欲归天。
国王扑身上前想夺刀子，
那刀子却已没入胸中。
我儿大叫一声双眼充血，
跪在地上发出哀号之声。

"国王豹眼怒瞪逼近我，

一串串骂声好似雷霆。
他举刀对准我的胸口，
骂一声：'贱人，你坏我大事！
现在索性也将你了断，
你就跟了她一起归阴！'

"我知道他已丧失了人性，
为了那大事不惜杀生。
此刻我也成了祭物，
那刀尖已刺向我的胸口，
地狱之门已经打开，
祭坛之火已经升腾。

"却听到一声天雷凭空起，
我儿举刀扑来犹如凶神。
他像恶魔附体百般狰狞，
眼里充满恐怖的血红。
国王见状眼前一亮，
仰天大笑说我儿威风！
千锤百炼出金刚，
万雷轰殛成英雄！
他叫来文书和官员作证，
说：'父子相斗来决定天命。
若是王子刺死我，
他便是国王不可违命。'
我儿冷笑说：'何须废话，
我如你所愿厮杀一场。
你既然铸就了我的恶，

你就要承受这报应。'

"一场厮杀已上演，
一场恶斗成飓风，
铁声织成叮当雨，
势若天雷轰大顶，
忽看到夫君扭曲的脸，
刀尖已穿透国王的胸。
他眼中有痛苦后的欣慰，
还有期待满足后的轻松。
一股英雄血喷向天空，
像一道惊天动地的彩虹。

"国王的脸上露出微笑，
他的目的已经达成。
用自己的性命作为代价，
终于把儿子铸成魔君。
在微笑中他倒在地上，
像一座崩塌了的山峰。

"王子站在国王的身后，
一股股魔气激荡全身。
他发出恶魔般的笑，
冷冷地看了我一眼，
那么残酷，那么陌生，
眼神里没有丝毫温情。
也许是恨我害了若兰，
也许被魔性冲昏了清明。

他扔下沾着鲜血的佩刀，
一言不发走出洞房。
那些官员也被这一幕惊呆，
都跪在地上低着头发抖。

"瞬息之间死了两个亲人，
这真是人间最惨的剧情。
我目瞪口呆，惊魂失魄。
心中一阵阵致命的疼痛，
一道道命运的霹雳，
把我的心震成了落英。

"国王一世英豪，
他锲而不舍，
坚定不移地努力了很多年，
最终，他以自己的生命为祭，
铸就了一个他盼望的君王。

"看着那红艳艳的婚房，
还有那红艳艳的血痕，
构成那红艳艳的世界，
散发着红艳艳的诡异，
我感到眼前阵阵晕眩，
身躯一软便人事不省。

"之后，举国披麻戴孝，
送葬的哭声盈满京城。
那两场丧事合成了一场，

丧事过后国事也新。

"英勇的老国王已经死去,
从我儿拿起剑的那一刻,
我那个心地善良的儿子也死了,
世上又诞生了一个英雄。
从此后国中杀声阵阵,
又开始了新一轮东征西讨,
又开始了新一轮富国强兵。
他仿佛一条腾空的恶龙,
他的世界就是征服,
就是征伐,就是征讨。

"他彻夜苦练那武艺,
渐渐地国中已无对手。
那懦弱的天性已全然消失,
邻国又多了个可怕的敌人。
从此后整个国家陷入疯狂,
所有的事务都依附于战争。
百姓不再耕田织布,
一切物资都靠掠夺。
为了打胜一场场战争,
国内变成了全民皆兵。
国与国从此战争不断,
血腥已充满整个时空。
新王比老王更加残暴,
仿佛一条疯狂的恶龙,
总是喊打喊杀杀气满身,

哪怕伤痕累累也从不歇停。
仿佛杀人就是活着的理由，
无所谓是自家还是敌人。
有时大胜有时全军覆没，
成山的尸骨成山的物资。

"他对胜败看得极重，
他的眼睛总露出阴狠，
喷射出无数条嗔恨的火龙，
稍有忤逆就要杀人。
宫中仿佛遍地是雷区，
百官都如寒蝉般噤声。
他看我的时候也不再温暖，
仿佛看一具行尸走肉。
我是多么怀念他的善良，
怀念那个抱着我痛哭的孩童。
想问问九泉之下的老国王，
这样的结局你可称心？

"所有的温暖都不复存在，
宫中只剩下刀枪的冰冷。
我心急如焚却无可奈何，
一切悲剧都要自己担承。

"想想自跟随国王至今，
半生已过，我早已饱尝
人世间种种喜乐悲欢。
曾经，我的孤独和寂寞，附着在

一层又一层的华丽之下，堂皇之中，
现在，它们已开始四处蔓延。
我已经头顶霜雪了。
我眼睁睁看着毁灭，
看着我儿不断造下恶业，
却丝毫没有改变的可能。

"夜深之时我也一次次后悔，
也许我不该逼死若兰。
假如若兰不死，
父子之间尚无血海深仇，
一切或许还有转机——
只要儿子生起血性握住刀柄，
夫君就不会横刀夺爱。
是我的愚蠢，
让我们三人都没了退路。

"我才是这场大祸的作俑之人——
悔不该自作主张给儿子成亲，
悔不该为平息矛盾逼死若兰。
我真是个愚蠢至极的女人。

"我甚至常问自己，逼死若兰，
是否真的为了平息矛盾？
我是否有着自己的私心？
是否害怕夫君立她为新宠，
从此对我再无情意？
我无法回答，这也许

正是最真实的答案。
唉，我们都是女人，
女人最知道女人的难处，
何苦把她逼上绝路？
人们都说魔啊魔的，
仿佛魔就是心外的存在，
其实欲望就是魔。
一念起，魔性出。
我终于成了最恶的那个人。
我不下地狱，谁下？

"唉，我也不想活在这人间，
可是又放不下我的儿郎。

"我的余生也总陷入梦魇，
生不如死中年复一年。
白发和皱纹早已滋生，
颧骨突出眼眶也变得凹陷。
走路颤颤巍巍仿佛鬼影，
怕风怕雨怕雷电也怕阳光。
一会儿是国王的鲜血，
一会儿是儿子的屠刀，
还有若兰幽怨的眼神，
总是让我在突然惊醒的夜凉里坐起。
四周都是鬼魅的眼睛。
惊悔交加中，
我开始忏悔——
为现在的孤寂，我向曾经的繁华忏悔；

为现在的国王，我向过去的国王忏悔；
为了灾难，我向幸福忏悔；
为了战争，我向和平忏悔……
忏悔成了我生命的全部，
我只有把自己关进经堂，
希求能得到片刻的安宁。
不知，我在离世的那一刻，
灵魂是否能安详？"

第 38 曲　灵魂的诉说

在那一个血腥味弥漫的晚上，
奶格玛的心更像是一片海。
它初时平静，温柔，安详，
接着，它有些不安，开始躁动，
直到那一刀刀血光闪现，它终于
也成了一片暴戾的海——
波涛汹涌，海浪怒吼。
随着欢喜郎的一声天雷，
它达到了最高潮，掀起了一场
让她也感到窒息的海啸。

她没想到人间的悲剧竟如此惨烈，
那一颗颗美丽而红艳艳的桃心里，
跳动的，竟是如此多的罪孽与邪恶。
她很想知道欢喜郎为何蜕变，
在过去无数次的激战中，
他都是扶不上墙的烂泥。
为什么转眼之间，
他会成了索命的黑白无常？
她再次启动了他的心咒，
他缓缓来到她的面前，
讲述他生命的惊心动魄——

"我忘记了那天的细节,
只记得洞房之中的两具尸体,
一个是父王,一个是若兰,
在我看来,那根本就是
一个尸山,一个血海。
仇恨罩住了喜庆的婚床。
我目及之处,都是血。
血的天,血的地,血的空气,
甚至,血的呼吸。
天地都变成一片猩红,
那猩红翻起阵阵大波,
涌入我绝望无助的心中。

"它们在我的心里啸叫着,
肆无忌惮,横冲直撞。
如果说,我以后所有的行为
是一场又一场雪崩的话,
那这血的一切,就是它的冬季,
是孕育它的温床。
无数场血腥就是无数片雪花,
当它们积累,积累,再积累,
当它们重逾大山,
当它们登峰造极,
当心已不堪重负时,
它们就怒吼一声,
像江河那样滚滚而下。

"没办法。我就是这样,

我就是在这样的血腥中长大的。
父王的价值观是我的心灵毒药，
它一点点渗，一点点腌，
我早已毒入膏肓，恶入骨髓。
引爆这深入骨髓的恶，
就等那最后催发的一击。

"我的心发出那一雪崩，
雪崩卷出了巨大的魔气，
天地露出獠牙，
万物狰狞着面孔。
我的心就是那个魔王，
它仰天狂笑像滚落的山石，
高喊着毁灭毁灭犹如雷霆。
当钢刀刺入父亲的胸膛时，
我感到一种宣泄后的酣畅。
那个瞬间我如释重负，
从此再也没人能逼迫我。
我杀死了父亲，
我变成了另一个父亲。
大丈夫立于世，不鸣则罢，
一鸣，就要惊天。
我不感到痛苦，也未曾慌张，
要入地狱，我就入地狱吧，
要成魔王，我就成魔王吧。
我已斩断镣铐，
我已无所畏惧，
那种宣泄后的快感，

使我浑身轻松，痛快至极。
那一刻，
巨大的霹雳炸碎了我的懦弱，
我的灵魂已经飞起，
我的世界已彻底疯狂。

"其实逆转只需要一个瞬间，
父王一再地威逼压迫，
终于触动了我的底线，
灵魂释放出囚禁的恶魔，
击碎了我的懦弱与善良。
以前我有多善良，
现在我就有多残忍。
我只想毁灭这个世界，
毁灭一切一切的苍生。
我连自己也想毁灭，
我想彻底消失在罪恶的虚空。
一想到日后漫长的岁月，
灵魂就会在恐惧中发抖。
每次征战，我都冲在最前线，
我其实在等待飞来的箭雨。
我多想早一点死在战场，
早一点结束这罪恶的人生。
我当然不在乎战争的结果，
只要能杀人我就会轻松。
身上也受了很多刀伤，
那疼痛能让快感跃出灵魂。

"母亲身上也散发着血腥，
我感觉不到她的慈爱。
便是她给了我全部的爱，
在我眼中她仍然血腥。
我眼中的世界不再有温度，
我也是一具麻木的尸身。
我有了一种极度的渴望，
那就是地狱之火的降临。
那渴望毁灭一切的狰狞，
已在焚烧我的肉体和灵魂。

"只有一个人，我不敢触碰，
她的名字叫若兰。
我把她存在心海最深处，
仿佛将钻石抛入大海。
她是我的海洋之心。
我常常会梦到她，
在梦中，
她像影子一样飘过来，
我却触不到她。
我只能发出凄厉的哀号，
狂奔于无人的暗夜。
白昼里醒来，
便是更加凶狠地厮杀和宣泄。
我的灵魂里充满了暴戾，
像有股暗能量裹挟了自己。
我的神态定然很像好斗的公牛，
常像战鼓般发出怒吼。

"这便是我的重生。
他们都说，我是真正的魔君。"

听了欢喜郎的诉说，
奶格玛感到一种由衷的疼痛。
她想到了那个狼孩的传说，
想到了颠倒的家庭教育。
但她知道偏听则暗，兼听才明，
她又勾来其他几人，
让他们的神识逐一发言。

首先出现的，是欢喜郎的父王。
国王的声音很有特色，
一股股英雄气充盈其中——
"刀尖洞穿了王者的胸膛，
那个瞬间我悲喜交融。
一生中我杀人无数，
却不知死亡的那束光穿过身体，
留给灵魂的感觉，
竟是如此疼痛。

"我的疼痛里还有惊愕，
我没想到儿子会真下杀手。
我也曾无数次扬言要杀他，
但那只是一场场只打雷不下雨的游戏。
我一直希望他成为真正的王，
为了这个梦想，我会不惜一切。

包括我的生命。
我愿意他做一个六亲不认的王，
我还希望他能用慧剑斩断情丝，
能够包容残酷，接受任何血腥。
我更希望他用顽石般的钢铁心肠，
把死亡也当成新生。
我终于等到了我要的结果，
他终于成了真正的帝王。

"说真的，我是欣慰的，
虽然我的眼中有泪。
我感觉我可以休息了。
我卸下了多年来压在我心上的石头。
我终于感到了轻松，
我露出了欣慰的笑容，
在胸口的剧痛中闭上眼睛。
我感到自己化成了青烟，
飘出了身躯飘向天空。

"忽然，我看到无数的幽魂向我拥来。
他们血肉模糊，他们龇牙咧嘴，
他们无比兴奋，他们伸出手臂，
他们有一个共同的念想：抓住我。
他们曾是我的将士，还有我的敌人，
有的被我方将士杀死，有的死于对手的进攻。
还有一些是我的刀下之魂。
但如今，他们竟都是一个模样，
只是一个个无助的游魂。

他们看着我发出笑声，
像是在欢呼也像在狞笑，
有人还举着带血的头颅，
叫着：'还我命来，可恶的暴君！'
残缺不全的肢体也在发声，
说：'你终于也有了今天，
死在刀下的滋味如何？
是否像搂着你美丽的妃嫔？'

"从未有过的恐惧向我袭来，
我浑身战栗却无处逃遁。
那漫天的厉鬼仍在狞笑，
我明白了孩儿当初的苦痛。
冤魂厉鬼愈加肆虐，
窃窃私语后汇成一体。
他们变成狰狞的魔王，
像狂风卷向我儿子的心。
那些索命恶魔乘虚而入，
张牙舞爪中扇起了阴风。
他们燃起了熊熊战火，
一个个头颅飞在了空中。
那些厉鬼们更增加了力量，
想将这烈火卷向苍生。

"我喊：'放肆！'我喊：'来人！'
但所有的努力都无济于事，
我眼睁睁看着我儿被血性吞没，
变成了一台杀戮的机器。

他只想毁灭眼中的世界，
他没有一点点自我和清明。
善良的欢喜郎被我彻底打碎，
他的灵魂已完全被恶魔占领。

"我忽然感到了深深的悔意，
凄惨背后的真相让我战栗。
当初我只想激出儿子的血性，
谁知那血性竟是疯狂的恶魔。
我对着我儿一再嘶吼，
我说你小心魔鬼附身！
只是他已经充耳不闻，
在恶魔引领下胡乱杀人。
一切都是我种下的种子，
害了自己也害了儿孙。
更害了那子民百姓，
我真该进入十八层地狱。

"我想抠下自己的眼珠，
我不愿再看这一幕幕情景。
只是手指即使插入眼窝，
眼前的世界还是清晰无比。
我承受着无间的痛苦，
我日日嘶喊，我夜夜号哭。
我化作凄厉的鬼魂，
希望能保护自己的孩子，
让他在密集的厮杀中不要受伤。
但我同时也在保护那魔鬼，

让它能继续残害世间的生灵。
我没有办法，因为它占据着儿子的灵魂。
我经常陷入纠结，也常常自问，
哪一个是我期待的儿子？
是那善良却无能的孩子，
还是这有力却罪恶的魔君？"

奶格玛叹一声没有回答，
这本是一个难解的悖论，
人们创造的诸多期待，
大多会变成欲望的魔宫。

她还想听一听若兰的诉说，
若兰的声波好个清明——
"那一天我跟王子成亲，
我幸福得就像在做梦。
外面虽然有天大的风雨，
我们眼中却只有一晕晕柔情。
我们在对视中已融入彼此，
我们的灵魂也在无言中交融。

"我脸上的刀伤隐隐能看出，
他却说我是最美的女人。
他柔情似水善良无比，
总能将我从地狱拉向天庭。

"我们在欢喜的泪水中接吻，
两条舌头像交欢的水蛇。

我扭动着腰肢，化为野性的猫，
一声声叫醒人间的春。
那劫火般的大乐如此炽烈，
一次次让我们飞升成仙。
我们那场纵情的狂欢，
可以让整个夜晚都沦陷。

"我们缠绵一体，祈愿再也不分，
恨不得把对方糅入自身，
从此便成为同一个人。
那劫火般的大乐席卷而来，
让我忘了大地也忘了天空。

"只是幸福来得快走得也快，
国王闯进了我们的寝宫，
他把我从王子身边拉开，
我知道世界末日已降临。

"我们没有野合，我们也不是苟且，
我们正沉浸在无我的天地中，
国王却做了强悍的闯入者。
尽管我知道他并非真的要我，
我不过是他演戏的一个道具，
他只想借我刺激王子，
要王子生出男儿的血性。
只是他蛮横地强拉我时，
我还是感到了强烈的羞辱。

"我只能释放出我的娇弱，
求国王将我一刀杀死。
我想侧面激发王子的血性，
我知道，只要他拿起刀剑，
这场风波就可能过去。
可是那糊涂的王后不知何故，
却给我套上索命的枷锁。

"她觉得事情是因我而起，
这不过是她的一份私心。
事情的根本是国王望子成龙，
还有欢喜郎的懦弱，
跟我其实没有关系。
即便没了我若兰，
他们还是会有这样的冲突。
但那王后看不清事情真相，
却反倒将我当成了祸根。
我若兰，不过草芥，
是天地间的一叶，
她是谁？她是后！王后！
她把我逼上绝路，
我已无处藏匿这纤弱之身。
我只能最后看一眼情郎，
结束自己无助的生命。

"我仍然爱着自己的情郎，
我也不恨王后的糊涂。
众生皆苦，我是之一。

何况，我发现死亡并不是结束，
而是另一段生命的开始。
我在另一个空间继续活着。
我看到了王子的重生，
也看到了国王悔恨的泪。
他知道儿子是魔的载体，
但知道真相有什么用，
种下的恶果已经撑满天空。
我深爱的王子变了。
他成了屠夫，杀人魔王。
但我仍然爱他。
在无数个小虫呢喃的夜晚，
我影子一样飘了来，
为他掖掖被角，或是
捡拾起花瓶旁跌落的玫瑰花瓣，
又轻烟般离去。
我想温暖他的枯木寒石，
让他勃发出春的气息，
我不忍看情郎成屠杀机器，
但弱女幽魂有心无力。
他的心已变得麻木冰冷，
仿佛万年的石心枯木。

"我常常在月下痛哭，
肝肠寸断中声声呼唤，
他却听不到我的丁点心声。
我多想为他送去清风，
吹熄那恶魔点燃的仇恨之心，

但幽冥两路何止十万八千，
我们如此近，却又如此远。
我们之间有大山相隔，
他不会明白我的爱和苦痛。
我看到他的厮杀或毁灭，
我看到他灵魂的阵痛，
在地狱的毒焰中难以净心。
他已经不再是我的郎君，
他明明成了魔王的载体。
但我还是相信有救赎的可能。
我从未放弃过对他的唤醒。
但愿我的爱变成海底的宝石，
在层层深埋中不会死去。
我愿像填海的精卫那样，
衔去一粒粒爱的石子，
一天天，一年年，
填满那恨海，
砌出他向往的美丽净土。

"我只能趁他睡梦的时候，
送去一缕温馨的信息，
让他能感到爱的存在。
只要有这一星火苗，
他就不会彻底死去。
我也常常陪着我的情郎，
等待黑夜中东方的天光。"
奶格玛听了上述的内容，
忽然觉得心有些发堵，

这一种情感她不曾有过,
但能品味出其中的疼痛。

如果这是欢喜郎必须经历的磨难,
这命运实在太过残酷。
只是,化为魔君的欢喜郎,
是否还有觉醒的一天?
他日后会何去何从?
他是否还会忆起前世的使命?

第 39 曲　追问

在老国王锲而不舍的灵魂重铸下，
欢喜郎终于完成了令人惊骇的蜕变。
他不再是那个宣讲非暴力和宽恕的王子了，
他化作残暴与杀戮的魔王，
与威德郎成为生死怨敌，
开始了一场又一场的残酷较量。

从此，欢喜国和威德国的上空
总是乌云翻滚，血腥弥漫，
硝烟四起是两国的家常便饭。
一场场战争像烈火爆燃，
鲜血染红了无数条河流，
一堆堆尸体堵塞了河川，
一场场瘟疫四处流窜，
一座座城池空无人烟，
一片片土地野草丛生，
一个个家园化为废墟。
在阳光下种菜，
或是在日丽时分锄草，
都是一份奢侈。
在他们欲望和仇恨的裹挟下，
宫阙万间都做了土。
兴，百姓苦；

亡，百姓苦。

虽然奶格玛冷眼旁观，
可她同体大悲的智慧，
却一再扯得她心绪难平。
在无数个刹那里，
她甚至感觉自己就是那个断臂的兵，
或者，那个无辜而死的百姓。
奶格玛感到无比悲痛。
她想唤醒欢喜郎的善良，
希望他能迷途知返，
继续在心中种满芬芳的莲花，
别在邪恶的路上越走越远。

于是她走向战场，
走进了欢喜郎的阵地。
双方的将士都在擂鼓呐喊。
他们向对方射出密集的箭镞，
点点寒光像漫天的星星。

此刻，战事正紧。
到处都是呐喊惨叫，刀剑喧哗，
在他们的枪林弹雨中，
她十万火急地穿行。
箭雨也时时穿透了她，
好在她是彩虹之身。
那凡间的箭矢虽然锋利，
却伤害不了圣者的明空。

趁着战事停息的间隙，
奶格玛走向兵营，
她看到了欢喜郎，
他不再清瘦，不再忧郁，
也没有了书卷气，
取而代之的是一双红眼，
杀气腾腾，锐利而冷酷。
他的颧骨凸起，嘴唇青紫，
面色透出苍白的阴狠，
浑身散发出暴戾之气，
让人望而生畏不寒而栗。

奶格玛问他是否还记得自己，
只见他的眼睛掠过她，
又望向了远处。半晌，
才听到他冷漠的声音——
"你又来做那蠢事？
这次可没人再去救你。"

奶格玛心中一阵阵疼痛，
看来，他并没有失忆。
他只是被仇恨的风沙眯住了双眼，
被噬心的剧痛侵蚀了理智。
他需要一股清风吹走那团沙，
他需要一份爱，抚慰那伤疤，
他需要一个悔悟的契机。

于是她告诉了他此行的目的——

她在寻找永恒的真理，

找到它，就可以让死不会死，

让恶不再恶，让黑暗不再黑暗。

让整个世界都变为光明。

她问他可曾知道这永恒的真理。

他听了，仍是面无表情，

从鼻子里发出"哼"的一声：

"什么是永恒？"

话音一落，奶格玛感到一阵悲凄——

曾经我的寻问让无数人疑惑，

地球人不追问什么是永恒。

他们只追求今朝有酒今朝醉，管它明日喝凉水。

他们在乎及时行乐，能坐着绝不站着，

能躺着绝不坐着。

他们醉生梦死，花天酒地，

才不会想这些无聊的问题。

可眼前这人是谁？

他是娑萨朗的力士，

他是不老女神派往地球，

肩负着重大使命的使者呀。

我想起了当初他们五人的信誓旦旦，

想起了他们力拔山兮气盖世的豪迈，

想起了他们出发时的胸有成竹，

还有那舍我其谁的担当和勇气。

而此刻，他们睡得是如此沉，迷得是如此深。

母亲，我该怎么办？

奶格玛的内心波澜四起，
可脸上，仍是平静和安详。
不管是面对一个暴虐的国王，
还是一个迷了的力士，
都需要她理智地应对。
她告诉他要追求永恒。
她说的一字一句，郑重其事。
她要他永远将这几个字刻在心上。
没想到，他说他不向往永恒，
他一直向往绝世武功，
他想练成天下第一，
来建立不朽的功勋。
她问他，练成绝世武功会不会死？
他不屑地望了她一眼，
说："哪有不死的人？
不死，那不成太阳了？
告诉你，这世上多厉害的武功，
也挡不住死亡的降临。"

奶格玛说既然会有死亡，
那这武功定然不是永恒。
欢喜郎发出桀桀的怪笑，
说："我也正追求那永恒。
我的目标是实现不朽，
这是一幅织锦的两面。
永恒就是不朽，
不朽就是永恒。
现在我可能实现不朽了，

你信不信?"他一脸得意,
"你日后翻开史书的时候,
定然能看到我的名字,
看到我的文治武功。"
听到他这么说,
奶格玛心中暗忖,
留了名字又能如何?
不过都是些错乱的章节。
奶格玛又想,这得意的样子,
跟他眼中的阴郁真有点不符。
但地球人就是这么矛盾,
宁愿被地狱之火折磨,受尽痛苦煎熬,
也要得到一些终究会消失的东西。
他难道不明白,
这追求能不能让他不朽,
是百年后的事情,而当下,
他却肯定失去了快乐?
他还记得当初对大善的笃定,
还有那花前月下的温馨吗?
他若还记得若兰女,若还珍藏着那颗海洋之心,
为何不能打开心中厚厚的硬茧,
重新做那个想把净土带到人间的痴汉?
那时的他,也许有些懦弱,有些无能,
任何人都可以欺辱,
但非常可爱。
如今,他成了几乎无敌的英雄,
却再也不可爱了。

耳边，响起的却仍是欢喜郎的春风得意——
"我听说立功能不朽，
我便立了很多战功。
瞧这满地的头颅，
像乱石一样地滚动，
再看那广阔的疆土，
哪一块不是鲜血浸润。
这都是我的功劳呀，
而且像这样的功劳，
我建立了无数个。
我指挥着千军万马，
杀了数以万计的敌人。
可是说实话，
即使能名垂青史，
我也不知能不能永恒。

"因为我的父亲更是英雄，
他的立功也惊天动地。
他抢了无数的地盘，
后来那地盘又换了主人；
他打败过许多敌人，
后来那敌人却成了盟友；
他赢得了许多喝彩，
可也造就出更多的哭声。

"我被父亲铸成了英雄，
但同时我也成了罪人。
那满地的头颅，

都曾经属于鲜活的生命。
是我杀死了他们。
我的士兵们当然笑了，
可死者的双亲却在痛哭。
对于那些笑的人来说，
我定然是盖世英雄；
可对于那些哭的人来说，
我却是千古的罪人。
你说我是建立了不朽的功业呢，
还是赢得了千秋的骂名？"

奶格玛听了不知如何回答，
但她知道，
他的心智并没有完全泯灭。
便说："这功与罪我也不求甚解，
但你干的事肯定不是永恒。
这斩杀一地的尸体，
很快会变成累累白骨。
白骨又会变成尘土，
转眼就会消散无迹。
这浸透鲜血的土地里，
明年又会芳草青青。
只有那些哭泣的冤魂，
时时诉说着暴力的罪恶。
所以，你做的这些不可能永恒，
它们只是加速了毁灭的脚步。"

一声苦笑！

他声音中浸透了无奈：
"这一切，我当然知道。
我找呀找呀，
也想找到不朽和永恒，
可我一直没看到方向。
战争仅仅是苦闷的宣泄，
我的心里有多痛，
这杀戮就有多疯。
我时时被架在地狱的烈火里，
灵魂被仇恨和痛苦炙烤着。
我抑制不住内心的猛兽，
它已经冲出牢笼疯狂无比，
裹着毁灭一切的旋风，
染红了整个人类的世界。
你瞧，它也染红了我的眼睛。
如果你找到真正的永恒，
拜托请务必告诉我一声。"

奶格玛极爽快地答应了他，
再没有继续规劝他。她知道，
那颗力士种子依然存在，
并没有被红尘诸物所摧毁。
他的所有行为，不过是一种宣泄。
善与恶的力量在他心中纠斗得太久了，
他已不堪重负。
他需要结束这种长久的心灵苦役。
所以，在父王愈挫愈勇的攻势下，
他终于异化了。

对于自我放弃的人，
外人的劝说很难生起效用。
除非能找到救心的良药，
从内在疏通那肆虐的山洪。

第十三乐章

奶格玛继续寻找永恒，那老夫子的书山能否永恒？一场无情的大火给了她无情的答案。思想、著述若都不能永恒，那愤青般的密集郎何必还在滔滔不绝？他的呐喊与揭露，更像是疯癫的呓语。这呓语有谁能懂？

第 40 曲 老夫子的剧情

从欢喜郎那里出来，
转眼又是半月。
这段时间里，我又走过很多路，
见过很多人，经过很多事。

终于有一天，
我见到一个老夫子。
他白发苍苍，睿智而矍铄。
我们谈得很是欢愉。
他沧桑的老脸成了春天里
最繁华的一棵树。
"永恒"一词从我口里吐出，
他就笑成风中的梨花。

对于这个词，
他像老朋友一样如数家珍——
说真的，知道这词儿的人很多，
但究竟啥是永恒，
谁也说不上个子丑寅卯。
典籍里记载，
它源于一个圣者大士，
人们称他为秘密主，
他恒住永恒的光明净境。

但一切只是一个传说，
谁都不知它起于何时，
只有一些大成就者见过他，
得到过他的智慧传承。

我问他秘密主是否永恒，
老夫子眯缝着他的眼，
喃喃地说："据说是永恒的。
但也仅仅是据说而已。
不过在许多典籍里记载，
你说的那种究竟真理，
就源于神圣的秘密主。
要是究竟真理能够永恒，
那秘密主也定然会永恒。
永恒之光必然有永恒本体，
永恒才是永恒的母亲。"

听了老夫子的话，
我不由心花怒放，
情不自禁跳了起来。
找了这么久，终于有些眉目了。
这是我得到的最确切的信息。
我感到微风阵阵清凉，
我看到阳光灿烂无比。
在漫长的黑夜里，
终于升起一丝黎明的曙光。

老夫子在一旁看着我，呵呵地笑。

他白白的山羊胡，也跟着他雀跃。
他带我参观了他的书房。
硕大的一间屋子里，
全是书的墙，书的地，
书的气息。
我仿佛进入了书的海洋。

他告诉我，立言也会永恒。
还指着满屋子的著作，
说它们定然会流传万世。
我问，它们真会万世吗？
老夫子说，会的会的，
目前他正在筹集刻印经费，
印好后会送往世界各地，
被所有的图书馆保存。
这样就会一直流传，
直到未来的千秋万代。

听到老夫子这样说，
我却不敢追问。
我心里有着太多的"然后"，
它们一直在我心中打着哑语，
它们总想要个结果。
瞧，它们又不安分了。
于是，我问，然后呢？
老夫子不知这"然后"是什么。
我告诉他，
我说的"然后"，

就是指这个星球毁灭的时候。
许久以来，这都是我不忍触碰的痛点。
而此刻，看着他垂垂老矣的身躯，
我讲了娑萨朗的故事，
讲了不老女神，
讲了那个不老的世界。
不老的世界里也有人立言，
但那不老的世界正在老去，
已冒起一股股末日的烟尘。

我说："无论多么长寿的世界，
也总有消亡的一日。
要是这一茬茬的人类消失之后，
要是南瞻部洲命尽之后，
要是太阳系命终之后，
要是银河系爆炸之后，
要是整个宇宙消失之后，
您的著作是否还能永恒？
它们的永恒会在哪里？"

我并无恶意，
我只是真诚地探讨。
我没有机心也不懂婉转，
这是疑问而非反问。

哪知我的话还没说完，
却见那老夫子面如土色，
他刚才还闪亮的眼睛一下子灰了。

他缓缓地闭上苍老的眼，
一滴浊泪流下脸颊，
仿佛他坚守的一切都失去意义。

我慌了。
我一下子手足无措了——
一个女孩子把一个老头惹哭了。
可我是无心的啊。顿时，
仿佛有小虫子爬进了我的喉咙。
一头小鹿也趁火打劫，
撞进了我的心。
我正努力寻找安慰的词语，
忽然却听到一阵嘈杂。
几个年轻人呼啸着，
正追赶一只老鼠。
他们声东击西，上蹿下滑。
他们左冲右撞，笨拙地跳跃。
他们惊吓，围剿，甚至辱骂。
他们无所不用其极。终于，
在战斗了无数个回合后，
他们抓住了它。

原来那老鼠总是咬书，
有一些著作已成了纸屑。
我就想若是这小小的老鼠，
一次次坚持不懈地咬下去，
老夫子立言的永恒又在哪里？
可是我看到老夫子的泪水，

便没有把这句话说出。

老夫子的弟子咆哮几声，
骂老鼠是破坏者，是名副其实的祸害。
他们要惩办它。
他们要以恶制恶，
他们要杀一儆百。
他们找到一瓶灯油，
浇在这老鼠的身上。
再将老鼠提到院里，
倒拎着尾巴点着了火。
在老鼠凄厉的惨叫与挣扎中，
他们笑得前俯后仰，拍手称快。
我的心中一阵阵发疼，
说你们咋能这样对待动物。
那些人却笑得浑身乱颤：
谁叫它咬老师的书？
一缕火苗在老鼠身上蹿起，
老鼠吱吱大叫着挣扎和抗议。

弟子们拍着巴掌呵呵大笑，
老夫子仍在木然中呆立。
他眉心紧锁，严肃的表情像生铁铸成。
他还沉浸在刚才的问题中，
思索着那个永恒的话题。

待得那火苗更大一些，
年轻人将老鼠远远抛出。

闪亮的火星划向远处，
弟子们都在快意中欢呼。
老鼠惊慌失措，四处乱窜，
在走投无路时，
又折回老夫子的书房。
老头一看，尖叫着第一个冲了进去。
众弟子也紧随其后。
而那书房，已是火光一片。

首先烧着了珍贵的手稿，
布幔房顶也燃起火苗。
弟子们顾不上扑救书稿，
抬了老夫子跑出书房。
此刻，那大火已盈满房间，
一个个火团在空中炸响。
说起来这火起得也怪，
有一点火苗就燎原如斯。

这真是一个惊心动魄的场面，
让我汗毛直竖，心跳不已。
再看老夫子，已是灰头土脸。
他望着我，惨然一笑——
他说那立言果真不能永恒，
也是一个易碎的梦境。
他梦游一样蹒跚着前行，
一步步靠近了燃烧的书房。
仿佛在凭吊火中的书稿，
又像在欣赏悦目的风景。

忽然他纵身一跃，投入火海，
决绝得好似扑火的灯蛾。
几个弟子扑了上去，
只抢下一只破旧的鞋子。

刹那之间，所有人都惊呆了，
哭喊声、救火声响成了一片。
我满心悲凄，沉痛不已，
吁叹着连连摇头。
对这个老人，我充满了感恩，
是他告诉了我秘密主，
哪怕只是一个故事。
他一生著书，只为求得永恒，
这是他呕心沥血的所有支撑。
当这个理由站不住脚时，
他便陷入了绝望，
坚守一生的意义忽然消失，
便没了活着的理由，
于是他殉了自己的理想。
在漫天的大火中，
他与书稿融为一体。

我生出了一种感悟：
永恒不能依托于外物。
外物各自有形成的因缘，
因缘一变那存在也消失。
我感到满心的苍凉，
也懊悔自己的口不择言。

我捡过一页风中的残稿，
放进了自己的行囊，
希望这个老人的在天之灵，
能跟上我一起寻觅永恒。

这一日，我在座上的清修中，
忽然明白了上面的剧情。
我想，这诸多的世间显现，
也许是智慧女神的一场游戏，
她们一起演了这出戏，
为的是让我真正觉悟。

在这出戏中，
她们扮演了不同的角色，
老夫子，弟子，
房屋，院落，小老鼠，
还有汗牛充栋的书籍，
还有亭台楼阁小桥流水。
角色一一备齐搭好了舞台，
为的是上演那惊心动魄的故事。
而这场剧码的总导演，
便是那个名为秘密主的大士。

他一直在等待一个叫奶格玛的女子，
他知道她是寻觅永恒的女神。
虽然眼下像没头的苍蝇，
但这女子并未放弃，
她是一个真正的法器。

她有着无我的利他大愿，
更有着坚固无比的道心。
秘密主便派出智慧女神，
于是她进入这一段剧情。

那智慧女神变成了夫子，
告诉她永恒的信息。
同时还展示一摞摞的书籍，
用以铺垫后面的剧情。
一群弟子和被抓住的老鼠，
也是一些智慧女神。
她们联合起来一起演戏，
嘻嘻哈哈中诠释真情。

她们拿火点燃了"老鼠"，
再把"它"倒拎了玩弄一阵，
待得"老鼠"烧成了火球，
然后扔向远处的草丛。
"老鼠"也在卖力地表演，
一阵疯跑后窜入书房，
烧着了满屋的书稿，
也把老夫子毁尸灭迹。

那诸多的书稿本是幻化，
那智慧的夫子也虚幻不实。
那弟子在表演恶有恶报，
那大火在诠释无常的真理。

这世上并不缺书籍，
那些知识总是太过苍白。
当灾难发生的时候，
才明白知识救不了人心。

究竟的真理不是知识，
更不是汗牛充栋的书籍。
它超越一切言说与概念，
它是一种无为的光明。
只有通过艰苦的寻觅，
再加上虔诚的祈请。
慢慢融入那殊胜的光明，
世界才无法动摇那真心。

智慧女神演完了这戏剧，
又要奔赴下一处舞台。
世上有多少修行的弟子，
便有多少虚构的剧情。
她们通过那一个个剧情，
成熟了一个个心性。
此刻正在读书的你，
身边就有她们的身影。

第 41 曲　密集郎的疯言疯语

从老夫子悲壮的殉身中，
奶格玛纵身一跃，跳离出来，
怀揣着他告诉她的讯息，
又踏上了新的旅途。

没行多久，她遇到了一个行者。
他瘦骨嶙峋，一副乞丐的身形，
再看那神情，却淡定如圣徒。
他拄着一根龙头拐杖，
孤独地穿梭在人群中。
有时，他会停下来对迎面而来的人说些什么；
有时，又会咕咕哝哝地自言自语。
路过的人们总是对他翻着白眼，
或者，远远地躲避。
他不怒也不躁，泰然自若，
他只管说自己的真理。

奶格玛当然听说过此人。
他臭名昭著，声名狼藉，
因为上次敌国入侵，
全国上下都在喊保家卫国，
他却一再与主流唱反调——
他倡导勿以暴力抗恶，

他游说百姓放下武器，
他拒绝杀戮，维护和平。
人们于是给他贴了懦夫和叛徒的标签，
一顿乱棍，将他赶出了都城。

后来他也去了敌国的都城，
也号召人们爱好和平，
也遭遇了同样愤怒的人民，
也在棍棒中被驱逐出境。

第一次听到他的故事，
奶格玛感觉既悲哀又辛酸。
她特意走向他，想告诉他，
她理解他，支持他的理论。
可当她走近他时，
却被那满眼的慈悲吸引——
多么清澈的眼睛啊，
仿若月亮映照在两泓清泉。
她安住在明空里观察那份熟悉。
剥开层层包裹，
她看到的，竟然是密集力士的讯息。
那一刻，她惊喜万分，
就像找到久别的亲人。
而此刻，他却性情大变。
他流浪，他肮脏，他疯癫。
当她问他是否还记得她，
他只是摇了摇头。
他明亮的眼睛里一片迷茫。

她只好提醒他那次婆罗门欲烧死他的旧事，
还有那太阳系的秘密和那群狂热的少男少女。
他眯缝着眼，开始回忆。
最终在一团模糊的印象里，
他迷失了自己。

也许他真的疯了心智，
也许他真的忘了过去。
只有问到他整天絮絮叨叨些什么时，
他才一下子兴奋了。
他变得手舞足蹈，开始鼓唇摇舌：
"我主张无神论，
但是不主张消除神性。
神性是一种无限开拓的存在，
每个人都可以通过某种方式感知。
我对美好的事物心怀敬畏，
也遭遇了很多迷茫与困境……"
说到这里，他看着听得认真的奶格玛，
一脸的感动。
他甚至感到受宠若惊。
因为在他的生活中，
总是充满了斥骂和棍棒。
没想到这个清灵的美女，
竟然主动跟自己沟通。

密集郎问："仙子你来自何处？
你可看到那辱骂的众人？

我在人们眼中好似瘟疫垃圾，
皆因我呼唤和平不去抗争。
我发现抗争的意义不大，
仇恨入心要发芽哩。
冤冤相报必然战争频频，
百姓的灾难便永无休止。
那些好战者为了私欲，
鼓动老百姓枉送性命。
我只是不希望他们无谓地死去，
就招来诸多的非难和打压。"

奶格玛没有回答密集郎的问题，
而是让他继续谈谈自己，
说说他为什么会与众不同，
又遇到了怎样的迷茫与困境。
密集郎的眼神中带着感激，
他又眯了眼，望向远方——

"我是造化仙人的独生子，
我喜欢读那些先哲的著作。
我发现他们有个共同特点：
都主张和平友爱非暴力。
我信服这个观点，
于是我成了和平主义者。
而眼前的世界却充满战争，
人们都鼓吹经世致用建功立业，
都倡导一统江山有雄才大略。
于是我向那些国君宣扬和平，

又向百姓倡导非暴力。
我虽然辩才很高少有对手，
但不懂人情世故也不懂沟通，
因此常常得罪他人，
处处遭排挤十分苦闷。

"我无法清晰地描述自己的状态，
我承认我总是陷入困惑。
只要我从梦中醒来，
那搅天的困惑就已开启。
所以我总愿意躲在梦中，
看梦中一些人哭着醒来，
也看另一些人笑着睡去。
有时在梦中我还会飞翔，
放空那身心就摆脱了重力。
我只要有想去的地方，
仅需意念牵引就可以到达。
梦中的世界没有重量，
只有平衡与否的问题。
现实的世界却莫名其妙，
每个人总有不同的主张，
都固执并且可笑地活着，
没有人能超越他自己。

"那些人其实也是我自己，
我只要靠近他们，
就会感染相似的病毒。
他们总说世上没有知音，

我却总能靠近他们。
我们无一例外地成了朋友，
也无一例外地最终散场，
因为我喜欢独自游荡。
那一种感觉神奇而荒谬，
我将它命名为活着。
抑或那是一个超越的神我，
它总感觉日子过得颓废，
总是会质疑当下的存在。
虽然每日在吃喝拉撒睡，
但总觉得被剥夺了什么。

"我看眼前的世界无比喧嚣，
只要你有惊天动地的包装，
总会吸引消费的人群。
人们都失去神性的观照，
只会使用所谓的思考。
用那思考去判断扭曲的世界，
再得出一个更扭曲的结论，
然后产生扭曲的行为。
这行为构成了他的一生，
他一辈子就做那瓶中的苍蝇。

"我赤着脚溜达在大马路上，
见人们正用熟悉的语言交流。
种种的熟悉构成种种的封闭，
于是人们的思想领土越发狭小。
只要你出了他们这个圈子，

你就会变成他们眼中的外星人。

"所以我总是胡思乱想，
也总是喜欢胡乱看书。
就像病得厉害的时候，
只好拿身体来试药。
我的命里没有朋友，
书就是我命里的朋友，
它们常常对我点头微笑。

"人们过着各自的生活，
各群体也有着各自的逻辑。
他们都不与圈外人往来，
只关注与自己相关的领域。
其生活呈现出点状或线状，
思维也如笼中的侏儒。
欲望总是会过度膨胀，
沟通和智慧却趋向萎缩。

"真正的完美向和谐靠近，
简单生活成就朴素的高贵。
应该放飞灵魂的白鸽，
再把欲望关进笼子，
打通自身与世界的隔阂，
与他人沟通与自然沟通，
这时才能接近完美的和谐。

"人们总是拒绝另一个自己，

那是内心不被接受的自我。
但批判总是对应着恐惧，
恐惧又具有高度同化的效应。
你关注什么，
就会被什么吸引。
抗拒也是另一种关注，
被抗拒的事物同样影响心灵。
你越是努力地抗拒，
它对你的控制也越是强烈。
所以人们才有一句俗话——
'爱之深者，恨之切。'
那爱与恨都是同一个对象，
都会令你失去自我。

"我发现暴力源自心灵的堵塞，
源于不平衡以及隔阂。
真正能够拥有的是爱与理性，
暴力总是会生成对立面。
罪恶的原因在于无知，
意识不到当下生活的真谛。
人们不晓得珍惜和节制，
也不懂得交流以及分享。
生活应该趋向完善圆满，
打破自己固有的生存理念。
尽可能多地阅读与思考，
才能找到那个超越的视角。

"人与人应该成为朋友，

这样就不存在专制与权威。
既像孩子般单纯，
又像先知般成熟，
一切就会变得自然而然，
如此便消解了差别与等级。

"人们的衣食住行越复杂，
自然就离我们越遥远。
大道本是简单的质朴，
繁琐的生活方式，
总会遮蔽它的光明。

"真正的稀缺资源是知己，
这是最难复制的故事，
是俞伯牙和钟子期的高山流水，
而不是梁山伯与祝英台的比翼双飞。
爱情是人类的本能，
知音却可遇不可求。
友情可以消除所有的问题，
不需要概念，
不需要刻意控制，
甚至不需要语言。
友情是最高级的禅定，
它可以破除一切分别心，
使得人与世界合二为一，
所以我总是呼唤友谊。
友谊是治愈战争的良药，
友谊是通往和平的坦途。

"我的成长方式就是犯错。
当然在别人的视野里，
我总是沉浸在友情的幻象里，
一错再错并乐此不疲。
我不希望朋友自相残杀，
我总是唱着和平之歌，
但我总是被驱逐鞭打，
倒是那些死去了的人，
他们愿浩浩荡荡参与其中。
于是他们在我的世界里复活，
跟我一起讴歌生命。
也请留下你的故事以及想法，
也许某一天有人遇到我，
又会在我的歌声里撞见你，
然后你就在他那里复活了。"

奶格玛觉得他很有趣，
总有些稀奇古怪的想法。
他天地古今随意地穿越，
长篇大论喋喋不休，
思维跳跃前言不搭后语，
滔滔不绝还不懂得倾听，
如乱麻缠了鸡脖子一样，
没有一点头绪，
但她没有打断他。
她知道，他需要宣泄——

"信仰是人与自我的一种交流，
要相信每个人的潜力无穷。
他可以无限地接近完美，
完美是一种高度和谐。
超越生死就是超越概念，
首先要把那自由的灵魂，
从自我的认知中解放，
再用已经解放的灵魂，
来遥控这熟悉的身心。
此刻你就像玩一个游戏，
它时时想把你拽进身体。
一旦遇到种种诱惑和刺激，
不经意间你就失足落下去。
于是你再跳出来继续观照，
渐渐变得不容易落入圈套。
你不断操控那躯体去品味万象，
在万象里检视自己的灵性。

"每个人都在完成一件作品，
那作品就是他自己。
直到我们的生命结束，
这项工作才算完成。
我们应该有一生的目标，
知道自己最终想成为什么样的人。
于是你开始了自己的历程，
这便是你每个当下的状态。
只要每一笔都足够精致，
你的一生就精致并且磅礴。

就像丹青描绘的山川，
一条条墨线勾出了绝伦的精彩。

"时间空间以及人们的经历，
其实就是一种状态。
人们在不同的状态间切换，
又下意识地找寻另一种状态。
状态脱离概念接近直感，
它超越逻辑不可言说。

"倘若无边无际的神性，
跌入'自我'的躯壳和意识，
就像从巅峰跌至低谷。
无论环境条件如何转换，
他都仿佛在流浪。
因为他回不去自己的故乡，
所以他开始了寻觅。
由此便可能走向信仰，
信仰是回家的路。

"人在完全无意义的状态下寻找意义，
只要他看到一线光明，
他全部的注意力就会被吸引。
如果他不同意世俗的活法，
除非实现超越，
否则便只能走向自我灭亡。
其中的差别完全在于选择。
如果他承认有一种高于自己的存在，

他就会走向信仰，
反之就会走向堕落。
就像那个叫欢喜郎的人，
已经由仁者变成了恶魔。
高于自己的存在就是圆满，
要安住在那圆满的境界里，
坦然并警觉地完成自我。

"要清晰地明白自己是谁，
你是谁你就会有谁的命运。
火有火的命运，
泥巴有泥巴的命运，
山川有山川的命运，
天空有天空的命运。
火的特性是上升蔓延熄灭，
泥巴的特性是低调朴素恒久，
宇宙的特性是广大深邃涵容，
虚空的理念是无条件共存。

"当人们遇见了火，
就是遇见自己身体里的火；
当人们遇见山川，
就是遇见自己身体里的山川。
只要你见到了它，
你就会变成它。
你眼里看到的世界，
其实是你心的倒影。
每一句你对别人说的话，

也都是你对自己所说。
每个别人都是另一个自己，
他们同样源自你的内心。

"人类的心念无比强大，
它每时每刻都在覆盖灵性。
灵性总喜欢宁静和谐，
只要你找到那种感觉，
它就会和你成为朋友。
人最难免的就是糊涂——
糊涂并且自以为是。
那些貌似的圣者会教你生活，
但他自己其实更加糊涂。
很多路导向的归宿，
都定然是一个大坑。

"世界已成了一个屠宰场，
摆放着各式各样的刑具。
人们无法逃离这个世界，
就需要在这个世界里学会节制。
留一点精力去看看别人，
包括一棵草和一片云，
以及马路上的标杆，
还有前人诸多的生活体验。
一切所见都是另一个自己，
他人离自己并不遥远。
包括远古的战争和未来的科技。
本来就没有时空的桎梏，

一切的命运都彼此联通。

"不需要急着往前奔,
没有什么能够成就你,
也没有什么能够摧毁你。
真正需要做的,
是带上自己的爱与理智,
了无遗憾地去见最后的自己。
最后的自己就是每个当下,
每个当下就是最后的自己。
每个人都在跟死亡赛跑,
当你看到它的时候,
你就离死亡远了一点。
看不到的时候,
它正欢呼着贴近你。

"越是野生和天然的东西,
里面就越有你自己的影子。
大道拒绝人为的加工,
它与生俱来并且浑然天成。

"珍惜你所拥有的,
每一个念头都不要随意放置。
不关上大门,
但是也不走出去。
我们只是经过这里,
并且祝福这儿的一切。
这个世界是完全联通的,

发生在你这里的事情，
就发生在全世界。
只要你找到了自己的意义，
这个世界就有了它的意义。

"人是一棵树，
意义就是找到一个坑然后扎根，
哪怕在沙漠里也有地下水源，
它就是你联通宇宙的钥匙。

"热爱就是仅仅希望陪伴，
不追求任何的所得。
忽略所有的摩擦，
当下就是意义。

"我喜欢那种没人的地方，
或者是没人认识的地方，
或者某个人的葬礼。
在那里人们只是彼此看着，
看着别人也等于看着自己。
我会深深地陷入自己，
在这种与自我的交流中，
就能读懂别人的故事。

"人在同一时间凝成同一氛围，
内外相应成一个整体。
他对待别人的方式，
也就是他对待自己的方式。

内部压抑的人恒常地让他人压抑，
内在自我否定的人恒常否定他人。
生活本身是调心的道具，
随机检验人的内心环境。
言语行动是自然性外发，
观照自心即转变内在氛围。

"不企图凌驾于自我，
也不盲目迎合自我的偏好。
能跟自己成为朋友，
就能和他人成为朋友，
他人就是另一个自己……"

密集郎的演说还没有结束，
那是泄洪的水闸，
也是儿马放归草场的酣畅。

奶格玛感到了一份疼痛，
她发现他语言如流水，
总是无休止地宣泄着自己。
有些是智慧的良言，
有些是自我的疯语。
只是她没有办法让他觉悟，
他的杯子里盛满了自以为是的观念。
他偏执、善辩，又一意孤行。

一个人的突破需要一个契机，
就如小树的成长，

也需要一些条件。

而现在，她还没有觉悟，

画上的火把产生不了热量。

她给不了他需要的那份助缘。

在她心中，那念念不忘的永恒净光，

也还只是个概念。

所以，她虽然知道

他就是自己在找的力士，

但她也只有离了他，开始新的寻找。

第 42 曲　传递

我一直想进入密集郎的世界，
也想让他进入我。
这一天黄昏降临的时分，
我把灵体从身体中抽离出来，
仿佛一个新生的婴儿。

我是谁？
我来自何方？
我去向何处？
没有人能回答这些问题。
我只能寻找那个神我——那个真正的我。
它无形无相，是一种功能性的存在。
它无边无际，也没有具体的人格。
它仿佛无处不在的空气，
又仿佛是俯瞰苍生的天帝。

于是，我看到了过去，
那其实也是未来。
我看到密集郎疯癫的身躯，
在人群中仿佛一只蝼蚁。
我知道自己原来就住在那里，
我甚至还看见了曾经的自己，
蜷伏在那里，无助恓惶，

随着那躯体四处流浪，漂泊八方。

一团团人群是一群群蝼蚁，
他们都在狭小的躯壳里忙碌。
他们只看到眼前的世界，
它破碎不堪，
充满了错位和扭曲。
无数的蝼蚁忙忙碌碌，
偶尔见到几只心中有亮光。
那亮光强弱不一，如烛如萤。
如烛者，照亮自己，也照亮他人；
如萤者，却只能照亮自己。

轻轻地，我吹出一口气，
它缓缓地进入了密集郎的身体，
我看到他突然为之一震。
我又吹去一口气，
他感觉到一股强大的电流，
自顶门而入，传遍全身。
他当然感受到了我的加持。
在千年前的孤独里，
他的身心开始变得驯服，
我一直吹，一直吹，
他就没了自己。
终于，他成了我的载体。
他是我的另一个自己。

那时，我时时能感受到他的躯体，

像巨大的泥沼充满吸力。
它一直在努力，想要把我变为蝼蚁，
它想让我做它终生的喽啰，
只听命于它，由它差遣。
比如——
它见到财富，就想据为己有；
它见到美食，会身不由己地靠近；
它遇到美女，还会幻想着与她生出爱的故事。
它好吃懒做，又喜欢甜言蜜语；
它游手好闲，常幻想不劳而获；
它妒忌、狭隘，甚至包藏祸心。
它还想把我淹死在欲望的海洋，
想让我忘了自己的觉悟。
但它总是一厢情愿，无功而返。
我的警觉已如呼吸，
我已是优秀的灵魂骑士，
我总能跳出它设的陷阱，
看破它，超越它，
然后坐看这一切的浮华。

我用密集郎的身份，
不过是为了演一场戏。
我要回到千年之前，
去宣讲非暴力与和平，
制止人类的厮杀。
虽然我总是招来白眼和棍棒，
虽然我也会感觉痛楚，
但我的心灵高高在上，

不会随那疼痛陷进泥潭。

我时时吹起加持之气，
清除他心中的积习。
虽然我们相隔千年，
但我们相融于某种境界，
这有点像联网的手机，
我在用灵魂的能量为他做软件升级。

最初，他原有的程序也会抵抗，
它们大呼小叫，挤眉弄眼，
总把"我"字挂在嘴上。
我千里迢迢、横跨千年的加持，
被它们当成了入侵者，它们甚至
还想与我展开殊死之搏。
我一万次、十万次地吹，
我好心地吹，耐心地吹，
我一月一年地吹，
我用更大的力量吹，
我用更高级的格式吹，
我的吹仿佛汹涌的洪水，
终于，他的那些小我被冲入大海。

这不是一个抗拒的过程，
而是顺流直下。
于是那具身体日益听话，
智慧状态就形成了一种本能。

我的眼中有无数个密集郎，

他们都是我的孩子，

都跟我有纠缠的量子。

这份纠缠已逾千年，

它有着最顽强的生命力，

只要有缘，

我们还会生生世世地纠缠。

我也是这样，我也是出口和道具。

此刻，我就是法界的出口，

我不是我。我没有自己。

我借助一支笔流出这万千气象，

仿佛已被天帝附体。

然而这智慧不是附体，

被附体者只是旁观的凡夫。

这旁观者仍有执着与偏见，

仍有一个"我"的牢笼。

在这我执之下，

他本身只是一个角色。

当他给自己设定了局限，

操控躯体的灵魂就高不过那个自己。

而我的加持无形无相，

无边无际，

它有着智慧的功能，

它以"大我"作为程序，

它从久远的信息源，

下载进密集郎的躯体，

就像那一个个莲子，
总是能钻出淤泥，
绽放出一朵朵莲花。
我便是那自性本体，
当然你也能称为法身。
这个男人的大胡子里，
有埋了很久的种子。
你只要跟他成功联网，
你就能看到在你心里，
有一朵莲，已经绽放。

要知道我与法界同体，
我只是一个智慧的载体，
当你感受到这种存在，
融入这种存在，
你便能生出一个全新的你。

我看到你想打破我执，
把自己的水滴融入大海。
你一直在呼唤光明，
你想看见它，你想走近它，
你想拥有它，你想成为它，
但这是个漫长的过程。
在这过程中，你会痛苦，
你会无助，你会哭泣，
甚至还会在无知中对抗，
但你始终会祈请，会呼唤。
你知道，这是一种真正的幸福。

你还可以用另一种方法，
我的密集郎，
你可以换一个角色。
你把自己观成大海，
那大海气势磅礴，汹涌而至，
你用大海之力去摄受水滴。
那水滴就是你的自我，
每一滴里，都藏着一个小小的你。
瞬息间，海水飞流直下。
你既没有痛苦也不会对抗，
你那狭小的心灵管道，
会被加持流冲刷得通透无比。
那时，狭小的心灵管道就会摇身一变，
成为大海的出口。
你瞧，我此刻的每一句话，
其实也带着大海的气息。

第十四乐章

奶格玛为补充能量，进入了圣境得见智慧主母，这为她带来了新的寻觅方向。不料，密集郎此刻却身陷囹圄，遭受了种种令人不寒而栗的酷刑。

第 43 曲　智慧主母

自从发愿寻找究竟真理，
奶格玛就再也没有懈怠过。
告别了疯癫的密集郎，
她开始了她的下一程。

没行多久，她忽然感觉一阵眩晕。
没有风，身边的树叶在闪；
没有雷，耳边有雷声在响。
再看眼前，
一切都如雾般朦胧，如烟般迷茫。
此刻不是清晨，也不是傍晚，
但她抬头，发现太阳居然成了月亮，
它在头顶用淡淡的目光注视着她。

也许是防护轮出现了漏洞？
也许是有人在盗取能量？
刚从圣地出关不久，
命能却消耗得如此之快，
这让奶格玛心生不安。

在一处宁静的山洼边，
她以自己的方式进入了一种境界，
却发现这世界早已是暴力横行，灾难频发，

到处都显得乌烟瘴气，到处都是残垣断壁。
更为恐怖的是，很久以前被神封存的
那股强大无比的负能量，正在肆意蔓延。
世界的和谐与平衡已被彻底打破，
人间到处是诡谲的乌云。

一阵阵闷雷在头顶滚动，
一晕晕黑气在身边氤氲。
黑暗的能量不断聚集，
仿佛地狱里涌出的毒霾。
它们肆意蔓延在大地，
连那花草都开始萎靡。
它们汹涌着奔向有人的地方。
它们前赴后继，万众一心，
仿佛地底涌出的岩浆，
所到之处寸草不生，万物尽毁。
它像黑夜的降临一样不可阻挡，
又像瘟疫，无孔不入。

奶格之星也受到了严重干扰，
能量消耗得极为迅速，
只剩下若有若无的一点萤火，
清明的光波不再复生。
奶格玛不由得忧心如焚，
她不知这世界为何会成这样。
她想观察一下五力士的近况，
也因为各种干扰而不得不放弃。

她安住无念启用洞察之力，
才于细微之中窥破了端倪——
她发现那暗能量的源头，
竟是一种无始无终的程序，
存在于每个人的心中。
这有点像源代码，
也如同生命的原始基因，
只要有生命，
便为其所困。

她想，这也许是一种原罪，
或是无明。它引出的，
便是那六道轮回的幻戏。
当人心缺失了信仰的光明，
那程序就会开始运行。
程序滋生了罪恶的行为，
行为构成了人类的悲剧。
于是厚重的乌云遮蔽了天空，
人类再也看不到爱的丽日。

奶格玛拨亮慧眼继续观察，
发现那程序已遍布法界。
它像无形的病毒，
正以裂变的速度腐蚀着人心，
只要有一个火星，
就会燎原成一片。
它不断地膨胀，
最后充满了整个天地。

天地间充盈了欲望的噪音。
于是，物欲横流，享乐至上，
人们高喊着热血的口号，
把世界弄得千疮百孔。
他们甚至举着屠刀，
挥向同类的脖颈。

偶有几处清净的所在，
它们与世隔绝，神秘而超然，
就像人们心中的桃花源。
它们仿佛暗夜中的灯塔，
始终如一地释放着
孑然又坚定的光明。

不管这世界如何污浊，
它们都安详在自己的疆域里。
人们叫它们智慧圣地。
在这红尘之中共有二十四处。

它们生于荒野，长于荒野，
它们有着最朴素简单的外象，
它们有着最庄严高贵的内心。
它们是璞玉，是蚌体里的那颗珍珠。
它们是已完成格式化的电脑，
它们固若金汤，百毒不侵，
它们没有源代码，也没有程序，
它们有的只是无为。
它们的无为是最强大的有为。

它们可以清除一切黑暗程序的病毒。
它们的世界没有乌云，没有狂风，
只有一览无余的晴空。

奶格玛发现，那里也有众生，
他们有的有身，有的无身，
他们爱唱歌，也爱跳舞，
那种幸福欢乐的感觉，
总是吸引着向往它的人们。
奶格玛觉得非常神奇，
不明白其中有何玄机，
她选了一处最近的所在欣然前往。
走到近前，才发现
那里也有智慧女神在守护，
对突然闯入者，她们狰狞无比。
当奶格玛安住于无念之境时，
她们才像老朋友一样，转嗔为喜。

在智慧女神的带领下，
她轻轻悄悄地走着，
她看到有很多僧侣，
他们的躯体如烟雾般虚朦，
他们惬意地散步，
安详地打坐，冥想。

她边走边感叹，
真是个人间清凉地。
没有太多花花草草，

有的只是无尽的空旷与光明，
没有嘈杂，没有浮华，
有的只是祥和清凉，
拂去了心头的所有焦虑。

奶格玛正好奇地观望，
忽然有使者前来邀请，
说是智慧主母委派自己，
请女神前去宫中饮茶。

随了使者，奶格玛进入智慧主母的宫殿，
那里庄严无比。
置身其中，有一种飞翔般的空灵感。
这种感觉于刹那之间融化了她，
消解了她的焦虑，
她的担忧，她的种种热恼。

宫殿亦无太多的装饰，
显出一种厚重与朴拙。
宫殿正中坐一个女子，
粗看长相极其怪异，
蠢蠢痴痴像母猪模样。
她散发一种奇妙的磁场，
无执无舍又了了常明，
令人安详无我中融化身心。

两旁的供养天女样貌端庄，
或有曼妙的身形，

或有流萤的彩光。
她们流露着安详的微笑，
微笑里蕴含着大乐的光明。
奶格玛还闻到若有若无的香气，
它像清泉一般沁入每个毛孔。
所有的负能瞬间都被清理，
身心如同雨水洗过的天空。

那怪异的女子便是智慧主母，
她见到奶格玛便报以微笑，
道一声："欢迎女神光临，
不知女神此来所为何事？"

奶格玛作揖，问好，
虔诚地拜见智慧主母，
见面的仪式一丝不苟。
经过这段日子的历练，
她不再是那个动辄就流泪的小女孩了，
她像讲别人的故事一样，
讲述了娑萨朗的情况。
她讲了她到红尘的寻觅，
讲了人们心中与生俱来的那种程序，
还有因此引发的黑暗的泛滥，
还有那可以摧毁一切无孔不入的负能量。
她像遇到知己一样向智慧主母倾诉，
感恩智慧主母保留了一方净土，
她想学习如何才能像这里的人一样，
永远清净，永远安详，永远光明。

智慧主母一直在听奶格玛诉说，
她始终如一地回以微笑，
末了，她说："女神之洞察丝丝入微，
众生确实有这种无明，
它源于欲望也源于我执。
当然你也可以叫它程序，
这是一个未来的词语。"

奶格玛问这无明可有对治之法，
智慧主母不答只是微笑着望她。
那目光传来阵阵暖波，
奶格玛感觉像坚冰融于海中。
这体验十分奇异和殊胜，
她忘却了所有的烦恼。
心如虚空又如彩虹，
毫无挂碍又极致轻柔。

她终于明白了智慧主母的妙意，
只有证悟的心灵才能点亮心灵。
在这种安详之下她时时想哭，
又怕初次见面失了礼仪。

她又问及五力士的命运，
智慧主母说他们前途难卜。
因为他们也难敌那业力，
欲望的源代码极为顽固。
再加上近年来黑暗能量增盛，

修罗王一直在扩招眷属。
要是他们与阿修罗相应，
便会被黑暗的力量异化。
那时节他们也会变成魔王，
娑萨朗就很难达成救赎。
要是他们生起了慈悲之心，
还会有一丝渺茫的希冀。

"位高权重者觉悟较慢，
但觉悟后也会有大力千钧。
现实中有苦难易生出离，
所以你先要度化一人。
观因缘成熟时再行多助，
切勿揠苗助长操之过急。
目前你自己也无大力，
还需要再进一步地寻觅。
你一直寻觅真正的永恒，
这寻觅以后还可以继续。
永恒其实是真理的代名词，
你会在寻觅中完成你自己。"

智慧主母的声音，是三月的风，
它吹开了桃花，吹来了芬芳，
吹去了奶格玛的所有困惑。
她进入了一种不是情绪的情绪中，
汗毛直竖，泪水奔腾。
智慧主母平常的话语，蕴含着强大的摄受力。
它能融化她的身心，

让她与那波动共同呼吸。
便是狗大师和寂天仙翁，
还有那娑萨朗的母亲，
都没有这融化万物的磁力，
不知这是不是智慧净光？

奶格玛想起了老夫子的话，
问智慧主母可知道秘密主。
智慧主母仍是那样的腔调，
不快不慢，不温不火——
"我知道只是我的知道，
别人的知道帮不了你。
你尚需努力亲自去实践，
把那知道变成生命的程序。
秘密主本是智慧的源头，
他安住在色究竟天里。
你只有进入色究竟天，
才能见到殊胜的秘密主。
目前有一法你可以尝试，
你先安住在你的无念里，
于无念中生起祈请之心，
一声声祈请加持。
当你的祈请破除了执着，
当你的真心实现了专注，
当你的虔诚实现了无我，
你就可能前往色究竟天，
见到你想见的秘密主。

那秘密主虽有具体的形象，
但其实也是种境界。
当你达到了那种境界，
你自然就能见到秘密主。
只是目前你还没有入道，
虽然你来自娑萨朗，
虽然你有天人的虹身，
但你还没有登堂入室。
娑萨朗只是天道的一种，
当然，娑萨朗人也可以说是外星人，
但你还不明白啥是真理。
要见那秘密主必须是内道，
或者说必须先进入系统。
你只有进了这种系统，
才会得到系统内的加持。

"虽然世间外道万万千千，
每一种都号称天下无敌，
都认为自己有无上的法宝，
但能根本解脱只能是内道。
即使睿智如那圣贤，
也会以无为法而有差别。
无为法需要破除一切执着，
连那觉悟的光明也要扫掉。

"秘密主是究竟真理之源头，
没有虔诚的依止之心，
便无法见到那永恒的光明。"

奶格玛知道她说的是究竟真理。
因为母亲也曾这样说过。
母亲说那究竟的真理，
就存在于娑婆世界的圣者心中。
这圣者不是寻常的圣者，
他破除了执着达成了超越。
没想到智慧主母也知晓此事，
奶格玛很想向她好好求教。
智慧主母却说："你不用再多言谈，
也不用试探我的高低。
天下人都知道智慧主母，
我是智慧圣地的主母。
这红尘有二十四个智慧圣地，
都坐落于寻常之处。
它们是通往法界的入口，
入得来便可见到圣境福地。

"你能入圣地是与圣地有缘，
但也只是做客而已。
你只有依止佛门勤加修炼，
这圣地才会是自家的宝地。
那时节你才知圣地妙用——
它不仅有助于智慧的增长，
还可助你通往色究竟天，
见到那神圣的秘密主。
要是你想深造必先依止，
先进门才谈得上登堂入室。"

奶格玛闻此言难以自抑，
她心头炸出一片空白。
她匍匐在地涕泪交流，
叫一声："智慧主母我的怙主，
我于今依止您这位人天导师，
在您的座前修炼身心。
祈求您大发慈悲摄受我，
赐我那无上的智慧甘露。"

智慧主母露出安详的微笑，
又摇了摇手中之鼓。
有无数智慧女神前来听命，
她们顷刻间造好了祭坛。
七宝粲然庄严无比，
奶格玛跪在智慧主母的身前。
智慧主母双手合掌领诵：
"南无咕噜亚，
南无布达亚，
南无达玛亚，
南无僧伽亚。"

奶格玛跟着诵了三遍，
她泪流满面幸福无比。
仿佛游子回到了家乡，
温暖与激动在心中洋溢。

智慧主母施以智慧的授权，

并教会了相应的咒子。
智慧主母说她只是引奶格玛入门，
她真正的师尊是秘密主。
因为秘密主是真理的源头，
她必须从源头领受法脉。
目前的训练只是奠基，
打好了基础才能超越。

奶格玛学会了正念冥想，
记熟了仪轨精进观修。
在圣地中修行增进飞快，
不数日她便达成了一味。
她修无想定已有多年，
修习无为法很容易契入。

这一日智慧主母把她叫到身边，
说："你在圣地时日已久。
正念的观修已经稳固，
回去再继续完成你的使命。
那五个力士的业障日重，
只有胜乐郎走入正轨，
其余四人尚在泥潭里沉浮，
差不多完全迷了本性。
除了二十五日的相聚之外，
其他时间已很难观察。
你要时时勤修无为之法，
时时祈请秘密圣主。
这会增加你慧眼的能力，

到一定程度便可随时观察。
五个力士命运多有波折，
重要关口需要你及时救助。
明白无常的真理才会彻悟，
时时点拨方能警醒用功。"

第 44 曲　三力士

奶格玛流泪告别了智慧主母，
又从心光里离开智慧圣地。
圣地中明明已修炼多日，
这尘世才过了一个时辰。
时间的幻象真是好笑，
像个调皮的恶作剧巫师。
不同的空间固然有不同的时间，
便是同一个世界也常常恍惚。
快乐的时间总是飞逝，
痛苦的时候却度日如年。
离别的煎熬如黑夜般漫长，
甜蜜的约会总觉得时光短暂。

又到了二十五日继续观察，
奶格玛发现了新的变故。
密集郎因为鼓吹和平主义，
已被欢喜郎逮捕入狱。
欢喜郎统一了周边的小国，
疆域已远远超过了父亲，
他成了公认的英明之主，
好大喜功也雄才大略。
威德郎也继承了父亲的王位，
两个年轻人棋逢对手。

威德郎开始了一系列的变法；
他量化了奖惩细则，
以敌人的首级作为标准。
百夫长所带的兵士，
至少要交三十三颗人头，
千夫长万夫长依次叠加。
每支部队都安排了督军，
作战时谁如果得不到首级，
谁就会因消极怠战被处死。
军队围攻敌国的城邑，
至少要斩首八千。
若是遭遇敌人进行野战，
也要斩获两千个首级。
达到这数量便重重奖赏，
达不到数量就要被处死。
他还把掠夺的财物分给将士，
以此激发将士们的贪欲。
威逼利诱使得士气大振，
每次上战场都奋勇杀敌。

近来他打了二十多仗，
已经斩获了百万颗头颅。
这一种人头奖惩政策，
把军队打造成虎狼之师。
一切都为了人头，
崇尚血腥的杀戮，
不仅狂杀战败的俘虏，

甚至为凑数量屠杀百姓，
士兵变成了残忍的恶魔。

欢喜郎则施行弱民之道，
他统一思想严加控制。
他与威德郎的风格迥异，
威德郎勇猛暴躁，
他则阴险恶毒。
他毕竟是读书的种子，
深谙精神的驾驭之术。

他的国中不再有个人资产，
所有的民众依附于国家。
他动用强大的国家机器，
再通过一系列的分配制度，
占有了一切的钱财与物资，
使人民贫穷而国库充裕。
国王的威严凌驾于全国百姓，
君让臣死臣不得不死。
文字狱更是愈演愈烈，
百姓都失去了张扬的个性，
习惯于那屈辱的生活，
被强行密集地洗脑，
没有思考和言论的自由。
所有人都是一根绳上的蚂蚱，
邻居犯法自身也要受到刑罚，
除非提前向官府举报。
于是人人自危人人被监视，

百姓整天生活在恐惧之中。

无恒产者无恒心，
欢喜郎清楚这个定律。
除了生存必需之外，
他不让百姓有富余的财物，
赖以生存的物资由国家分配，
持异议者都会被饿死。
如果有人质疑官府的决策，
就会成为百姓的仇敌。
一场场审判一次次批斗，
说他就是百姓痛苦的祸首，
于是子民燃起冲天的怒火，
将那反抗者送上绞架。

他通过战争转移国内矛盾，
再通过掠夺去攫取财富。
于是全民备战草木皆兵，
随时出征敌国的领土。
他用仇恨和恐惧凝聚人心，
不间断地渲染外部危机，
人民时时感到敌国的威胁，
同仇敌忾更加勠力同心。

战争如火如荼，
每一户人家都有烈士。
但爱国热情却十分高涨，
因为有官府的疯狂宣传。

百姓心中的兽性已被启动，
都想建功立业食肉饮血。

这时密集郎却高唱和平，
他才开口便被扑倒在地。
同时有几个人前去举报，
其余百姓围住纷纷指责。
也有人同意他的观点，
却担心招来居心叵测的罪名，
于是他们昧着良心跟随了众人，
对密集郎喷出诅咒的唾星。
在那些狂热的眼神中，
密集郎被官府抓入大牢。
官府本想安个罪名将其斩首，
却忌惮他父亲的神通广大。
那造化仙人虽然看似疯癫，
但法力高强深不可测。
官府几次陷害均无功而返，
主谋之人后来也莫名死去。
谁都不敢再轻举妄动，
于是将密集郎囚于大牢，
美其名曰"教育改造"，
实则是让造化仙人投鼠忌器。

因此密集郎保住了性命，
却不得不忍受牢狱的酷刑。
他一次次惨叫一次次大骂，
一次次昏迷又被凉水泼醒。

他的精神原有些反常，
如今更是雪上加霜。
再后来，他完全失去神智，
他逆来顺受，忍气吞声，
承受着一切非人的待遇，
身上像是没了骨骼，
仿佛一堆随意丢放的破布。

第 45 曲　狱卒

我再一次进入过去的时空，
去采访欢喜郎的狱卒。
我想从那些事过境迁中，
打捞出一份曾经的真实。

欢喜国的狱卒口才极好，
一点点记忆渗出了历史。
沿着他心光的轨迹，
我看到了密集郎的过去。

那时他在大牢里工作，
每天负责看守犯人。
除了那常规的看守，
还会根据上级指示进行特殊教育。

犯人刚进来的时候，
会愤怒，会恐惧，会怨声载道。
他们各具情态，性格鲜明。
但在这里待上一段时间，
就会变得唯唯诺诺十分驯服。

他是个热心肠的狱卒，
为了让我更了解他们的日常，

他不但给我讲过去的故事，
还带我去看了当时的牢房。
那里终年阴暗，不见阳光，
既是毒蛇和老鼠的乐园，
也是蜈蚣和蝎子的天堂。
牢房里弥漫着恶心的味道，
那是一种混合的气味。
可以嗅出是汗液和便溺，
还有腐臭和血腥，
它们同类相聚，相融无二，
一起糅合成了难耐的窒息。

犯人的食物更是恶心，
发霉的稀粥已是改善生活，
平时都吃猪狗之食，
那些泔水，被装在桶里，
由狱卒一桶桶泼入。
我看到饿极的犯人两眼放光，
饿狼般向泼洒食物处奔去，
扑在地上，抢食稠物。
他们用嘴巴舔着地面，
发出滋滋啧啧的声音。
狱卒已习惯了这样的场景，
他眼中的犯人无异于畜生，
稍有不爽便拳打脚踢。
在密布如雨的乱拳混踢下，
犯人们抱着头，蹲倒在地。
他们顾了头顾不了脚，

顾了脚就顾不了头，
无处躲闪，只好把牙关紧咬。
只要发出一声，
就会招来棍棒的暴雨。

做这些习以为常的事时，
有些狱卒还会嫌累。
于是他们动用伟大的智慧，
导演以恶制恶，
让犯人替他们工作。
而那些接到命令的犯人，
都有着天下最强的执行力，
他们会调用所有的脑细胞，
替狱卒进行超人的创意。

什么"嫦娥奔月洗大澡"，
什么"美女照镜点天灯"，
都是犯人的天才构想。
他们使出浑身解数，
只为讨得狱头的赞许。
他们的手段比狱卒更残忍，
还伴随了一群犯人的大笑，
那场景看来无比怪异。

说到这些，狱卒的表情很是复杂，
似乎有些不屑，甚至有些鄙视，
但更多的还是一种优越感。
我看得出，对于能够控制人的生死，

剥夺人的尊严和良知，
他有一种病态的自豪。
接下来他告诉我的，正是他的蜕变——

"我们从来不怕犯人会死去，
犯人的命如同蚊虫蝼蚁。
这牢里只怕犯人不死，
人多了会增加管理成本。
刚来的时候我极不适应，
我的良知，让我时时心痛。
我同情他们，也很少使用刑罚，
可他们串通一气，合力对付我。
在我值班时，总是出状况插小曲，
让我的工作漏洞百出。

"人性就是如此卑贱，
不能给他们好脸。
慢慢我被这种恶的环境熏染，
心也变成了麻木的石头，
切换到残忍和恶毒的模式。

"我常常调教他们。
我怒骂，鞭打，拳脚并用。
后来我发现，
骂他们时，我气得要死，
打他们时，我累得要死。
再后来，我也不怕那些刑具了，
相反，我爱上了它们。

我学会了借力，省力。
我迷恋它们带给我的快感，
当它们撕裂犯人的血肉时，
我会产生魔鬼般的兴奋。
天长日久，我变了。
我的心不再柔软，
我不知道变化从何而起，
反正，突然的某个时刻，
我感觉不到那种痛了。
相反，在跟他们玩那些游戏时，
我是那么地快乐，我真他妈过瘾！

"那种主宰一切的操控感，
那种为所欲为的酣畅或霸道，
那种高高在上的自豪或虚荣，
那种血腥的刺激，
让我产生变态的快乐。
它们时时唤醒我的肾上腺素，
让我如痴如醉欲罢不能。
我对犯人的折磨越是变本加厉，
他们对我越是百顺千依。
渐渐地，我在自豪的同时，
觉出了一点无聊。
打碎丑的东西，
人不会受到多大刺激；
只有在高贵美好的东西被打碎时，
人才会受到一种巨大的冲击和震撼。
我渐渐理解了那些专门折磨英雄的人，

他们也许不是出于嫉妒，
而是出于一种原始的本能——
他们在寻求更大的刺激。
我也在寻求更大的刺激。

"有一天同事押进来一个瘦子，
他衣衫褴褛肮脏不堪，
却昂着高高的头颅，
大喊着什么和平主义。
我一见他就喜欢。
来这里了，还能把鸽娃子脑袋爹上，
嘴里净叽哝些莫名其妙的词语。
我想，这么有性格的对手，
可以好好陪我两个回合了。
以前那些，都是些玩不起的东西，
我还没起性，他们就像猫一样温顺了。
真是无趣！

"他说过的那些话，你感兴趣不？
要不，我复述一下？
我再没什么本事，
就是有着超强的记忆力。
千年了，它们一直在嚷嚷，
想要重见天日。真想不到，
它们从那疯子口里出来，钻到我心里，
居然待了这么久——

"'和平是我的信仰，

也是我的主义，
我是个和平主义者，
我有我活着的理由和道理……'

"嘻嘻嘻，是不是很有趣？
这便是那个疯子的言语。
我决定先带他进入刑房，
我要慢慢治疗他的疯病。
如果一开始就来猛药，
我怕他昏死过去，这样就太无趣。

"你别看我是个粗人，
在调教犯人上，
我是很敬业的。我很有耐心。
我笑嘻嘻，
向他介绍那些刑具。
有抽的、烙的、扎的、打的，
还有带刺的、带钩的、带夹子的。
我像个娴熟的厨师，
向客人展示着自己的拿手好菜。
可那疯子，居然不恐不怖。
呵，他真是有种！

"我开始了流程。
我先把他固定在架子上，
四肢展开成一个大字形。
手腕脚腕和脖子都扣上镣铐，
然后叫来兄弟们，

让他们猜一猜犯人能通过几关。

"这是我们常玩的游戏，
也是一个小小的赌局，
大家都会加入，
纷纷押注自己的判断，
众人参与热闹多嘛。

"我先用竹签扎他的手指，
当那尖尖的头部戳进他的皮肉，
我看到他浑身一阵绷紧，
绷紧中又颤抖不已。
渐渐地，他的脸变得扭曲，
他嗷嗷大叫破口大骂。
在他一声一声的尖叫中，
红色液体顺着指缝蜿蜒而下。
那些弯曲的红线让我兴奋，
它们扭成了蠕动的赤链蛇。
我说壮士啊你不要太快求饶，
我还没有玩够，
我押你能通过三种游戏，
千万不要让我失望。

"我还在他耳边一遍遍给他打气，
要坚持住！
不要求饶！
不要放弃！
我希望他能给我争气，

我赌的三关一定要通过!

"我把剩余的竹签依次插入,
他十个手指血流如注。
远看像是手指长出了筷子,
这真是一幅好看的图画。

"再看他,已是青筋暴突,
他定然很想跳起来跑出去,
至少让自己的手指离开那些竹签,
但他的脖子被镣铐箍得纹丝不动,
他开始拼命用后脑撞击墙壁。

"我一看这阵势不妙,
要是他把自己撞昏了,
游戏就结束了。
为了让好戏能继续进行,
也为了能给弟兄们带来欢乐,
我在他后脑垫上破布和稻草,
然后笑嘻嘻欣赏着他的表情。

"这是我最有成就感的时刻,
仿佛画家在看得意的作品。
犯人的痛苦表情千奇百怪,
都源自我无穷的灵感和创意。

"这个叫密集郎的疯子依旧大骂,
还咒我将来会下地狱。

我轻轻地叹一口气，
告诉他不必将来，
你现在就在地狱。

"第二个节目开始了。
我用烙铁去烫他的胸脯。
我想给他文最美的图案，
作为我们相识一场的纪念。
那烧红的烙铁闪着暗暗的火光，
我慢慢地，慢慢地接近他的躯体。
我最喜欢那个过程，
喜欢看他当时的眼神。
尤其烙铁将落未落的间隙，
是最有意思的时刻。
就像花最美的时候是将开未开一样。
瞧，他已经睁大了眼睛，
眼里会暴出根根血丝。
恐惧已不足以形容那神态，
因为还有发自灵魂的疯狂。
真正烙上去时反倒不好玩，
无非是千篇一律的抽搐和惨叫，
还有滋啦滋啦的声响，
混合了一股焦煳味。

"我不喜欢闻这种味道，
我对这个环节兴趣不大。
走过场一样在他身上文了几处，
便停下来欣赏我的成果。

那印记先是发红又迅速发青，
最后变成乌黑的颜色，
还会肿起一圈圈血泡。
疯子此刻依旧在哀号，
只是那声音已经带了嘶哑。
好像有一口浓痰堵在喉咙里，
发出赫赫的拉风箱声。

"我说再忍忍，再一会儿。
第三个环节开始了。
游戏越来越好玩，
我渐渐进入了兴奋的高潮。

"我不喜欢用皮鞭抽打，
也不习惯棍棒猛抽。
那种粗笨之物太费力气，
而且看起来毫无创意。
我会采用生物疗法，
捉来几条饥饿的蜈蚣。
那蜈蚣有手指那么粗，
扭动着黑红斑斓的身躯。

"我用小镊子轻轻夹起一条，
把头部靠向囚犯的私处。
我知道什么部位最是敏感，
于是让蜈蚣依次地咬了去。
咬一个地方换一条蜈蚣，
我要确保毒液的充沛。

从喉头到腋下再到乳头，
从肚脐到大腿最后是生殖器。
我感到自己每个细胞都在跳舞，
身体里洋溢着快乐的火苗。
我看到那蜈蚣挣扎着身躯，
张开了锋利无比的牙齿，
它们狠狠钉在人类的皮肉上，
人就会抽搐得像是抖动的筛子。

"疯子已经发不出声音，
他空有嘶吼的动作。
那是一场精彩的默剧。
他真正做到了他的怒发冲冠——
他的头发几乎全部竖起，
他的双眼布满了血丝，
他的额头上挂满了汗珠，
他的眉头紧紧地锁住。
他的面目已经扭曲了，
神志却好像还清醒。
我让他继续讲哲学，讲信仰，
讲人人需要也人人都有的智慧，
在这个地狱里传播他的真理。
我还告诉他，我是他最虔诚的听众。

"我看到他只是拼命地摇头，
全身的肌肉像紧绷的石头。
他真的就像在演一场默剧。
他终于理屈词穷了。

我很高兴他还没有昏迷，
这意味着我赢了这次赌局。

"看着那具疯狂抖动的躯体，
看着那惊骇和疯狂的眼神，
看着那挥舞着的十根长长的手指，
还有那一个个浮雕般的血泡和水墨般的图案，
在他身上闪烁，闪出一副副扭曲的笑脸，
还有让瘦蜈蚣们刹那变肥变红的魔术，
也在疯子身上挂了无数个鲜红的肿块，
它们像灯笼一般红得发亮，
我仿佛看到了盛开的罂粟。
它毫无保留的美，美得邪乎。
眼前的种种景象，
一幕幕极致的美，让我终于达到了高潮。
它给我带来一种极致的，
远胜于男女交合的宣泄。
我的脑中分泌出酥麻的液体，
充斥了身体的每一个细胞，
我宛如看到了天帝，
我哼起了快乐的歌谣，
把一切都抛在脑后，
进入了一个恍恍惚惚的世界……"

听到这里，我再也听不下去，
这已经超越了采访的底线。
这个恶鬼堕落地狱已有千年，
竟然没有半点忏悔，还是那么猖狂。

看他那兴奋和陶醉的样子，
若是再有机会，他必定会再用酷刑。
于是我大吼一声，猛力投出一个降魔杵，
将他打入十七层地狱。
我突然很心疼密集郎，
我切肤地感到了千年前，
发生在他身上和心上的疼痛。

第十五乐章

梵天无奈地接受了衰老，那是天地的规律啊。幻化郎却想要改变天地的造化系统，这为他招来了夺命追杀。难道这命运的程序就真的不可更改吗？

第 46 曲　梵天和金字塔

看着五力士在各自的人生大海中，
浮浮沉沉，萍飘蓬转，
奶格玛不再痛苦，也不再焦虑。
她只有一声叹息。
她知道万物自有其规律，
种子从发芽到结果需要时间。
有些弯路他们不得不走，
有些风雨他们不能不经。

就是在对待他们的态度上，
奶格玛发现自己也在成长。
曾经，他们的命运是压在她心头的巨石，
那时候，连呼吸都是沉重的。
在那股重压下，她脆弱不堪。
她常常被一线月光惊醒，
甚至，被一片雪花砸伤。
她悲母亲的白发，
她愁娑萨朗的将来，
她担忧数以万万计的生灵……

而现在，她发现自己沉稳了许多，
时机未成熟时不会再贸然行动。
面对他们的磨难，

她心中虽有惋惜，
但不再感到焦虑。
她明白，那磨难其实是成长的营养。
战胜大磨难才会有大成就。
船小好调头，但小船承载不了重物，
大象转身慢，却有千钧大力能行大用。

像密集郎的牢狱之灾，
只要性命无忧，
一切都是他的历练。
江湖水深，才能体验够这人世的险恶，
他才能出离，才能幡然醒悟。
于是，她放下了对五力士的过度关注，
回归自己的寻觅。

携带前生的愿力，
她继续开始了她的跋涉，
形影相吊，
走向了文明古国印度。

从此，恒河的岸边，
伫立过她的身影；
鹿野苑的砖石，
窃听了她的叹息；
那烂陀寺的清风，
薄情地吹跑她的脚印；
在印度广袤的土地上，
她种满了对永恒的相思。

这是一片神奇的土地。
这里有很多人都知道永恒，
他们懂得如何达成永恒。
他们是一群喜爱追问与思索的人。
一个老人教给她一个方法：
在无念中祈请梵天。
他说，当你消除了二元对立，
就会跟梵天合一达成永恒。

奶格玛开始了新一轮的精勤修炼，
她昼夜不停，勇猛精进。
她走路时在观修，吃饭时在观修，
不论做什么，她都与梵天同在。

由于有无想定的扎实基础，
只要变通了所缘之境，
她很容易就与梵天相应了，
她达到了梵天瑜伽的成就标准。

一天，她一上座，
二天，就进入了那种境界。
她清晰地看到了一个老头。
他的身形有些佝偻，
他发白如雪，须长如柳，
他沧桑的皱纹里，暗藏着
多如恒河沙粒的智慧。

她问他是不是永恒，
他便开心地笑，一脸粲然。
他笑，天地也在笑。

他对她打开了他的话匣子——
"我在年轻时就找永恒，
找了不知多少万年了。
那时，你的外婆还没有出生；
那时，娑萨朗亦名长寿星球；
那时，有个星君名叫不朽，
他也有一个出世的梦想。
于是我们结伴同行，一起寻找。
我们经历了千难万险，
我们躲过了末劫的大火，
还有那滔天不息的水浪。
我们在凌厉的罡风里九死一生，
终于得到了三灾不死的成功。

"我们都以为找到了永恒，
我们笑着笑着就哭了，
我们哭着哭着又笑了。
自人类诞生以来，
有多少人向往永恒，寻找永恒，
好像只有我们，是上天的宠儿。

"我们开始了我们的新生。
我们自封尊号，自命不凡。
他叫'不朽星君'，我称'永恒真神'。

"直到有一天，我的牙齿有些松动，
又有一天，我看东西有些模糊了，
我才发现，我在变老。
变老的我，怎么可能是永恒？"

听了梵天的絮叨，
奶格玛深深地叹了口气。
不朽星君！不朽星君！
那是多久以前的事情呢？
她长叹一声潸然泪下，
说："不朽星君正是我外公。
他过世已有一个小劫，
遥远得早成了一个传说。
死之前他看到自己的归宿——
他会变成地球上的一头白猪。
他在惊恐与不舍中闭了眼睛，
那彩虹般的身体也化为轻风。

"不朽星君的传说，
外婆常常会讲给我们听。
只是那传说毕竟是传说，
也就像是梦幻泡影。
后来外婆也去世了，
她跟外公的归宿相同。
于是世上连传说都几乎消失，
没留下他们的任何痕迹。
再后来，他们的故事，

被一个成就者发现，
并记在了自己的书里。"

梵天叹道："我知道这结局，
我也知道他变成了猪。
虽然他变的猪有些奇异，
但天王变的猪也是猪。"
奶格玛并未感到不悦，
她对外公的印象仅是个故事。
她点点头表示赞同，
天王变的猪也是猪。
无论是野猪还是家猪，
无论是肉食还是宠物，
本质上都是同一个物种。
不过她不明白，他为何变猪？

梵天说："因为他修的是无想瑜伽，
修无想定多劫后就可能变猪。
因为那无想也是愚痴，
愚痴者当然就会变猪，
除非你换修别的瑜伽。
种什么种子开什么花，
每一处终点都是起点的投射，
方向路线决定了结果。"

奶格玛向他打听究竟真理，
梵天笑了。
他发出了厚重的哈哈声——

"听过，但没见过。
想要证得那究竟真理，
需要修一种高深的瑜伽。"

奶格玛问："你听过这种瑜伽该怎么修吗？"
梵天摇摇头打个呵欠，
说："我要是会修那瑜伽，
我也就不会成为梵天。
梵天有梵天修的瑜伽，
正因为修梵天的瑜伽，
我才成了梵天。"

奶格玛还想多交流些内容，
一位侍者打断了她。
他说梵天累了需要休息。
奶格玛只好向梵天告辞。

出宫门那侍者悄悄解释——
"也许梵天真是老了。
最近，他老是犯困。
想当年，他雄霸三界天下无敌，
有无数充满男性雄风的故事。
到如今他见了美貌的天女，
也打起哈欠毫无兴趣。
他常想到死去的妻子，
每次提起都泪流如雨。
当一个人总是回忆过去，
他其实便已垂垂老矣。"

奶格玛惊问："天母死了？"
侍者说："死了三年有余，
梵天老想她老想她老是流泪，
头上的白发就成了雨后的春笋。
我看这趋势也用不了多久，
梵天便要随那天母而去。"

奶格玛听后怅然若失，
回望天宫感到无比沧桑。
纵然能躲过火水风的劫难，
也躲不过生老病死的无常。
要是这梵天也能衰老，
那他就不是永恒的本体。

奶格玛发现自己也开始变化——
虹身渐渐褪去了色彩，
心常陷入麻木如同死寂，
常对世事唏嘘不已，
行动也变得迟缓笨拙。
发现了这一点，她万分惊恐，
开始寻找变化的原因。
忽然有一天她恍然大悟：
梵天已老，她与他相应，
那老气便当然会进入她的身体。

奶格玛重新祈请秘密主，
一边祈请一边寻觅光明。

智慧主母说在寻觅中完成自己，
这句话奶格玛还无法理解。
她只盯住那个耀眼的目标，
感受不到过程本身的意义。
但是不理解也要信受奉行，
实修原本就不需要理解。
有时候那"理解"也是障碍，
充满了自我的狭隘和偏见。
修行只需依照恩师的言语，
踏踏实实一步一个脚印。
等到达了山顶再来俯瞰，
回望来时路便一目了然。

在印度寻觅无果后，
奶格玛又走向埃及。
她询问过无数人，无人知晓。
他们不知道智慧净光，但知道永恒。
在他们的字典里，金字塔便是永恒。
他们说从几十辈祖宗起，
金字塔就是这个模样，
时光已经过去了千年，
那金字塔仍巍然耸立。

奶格玛讲了秦长城的故事，
告诉那些与她相遇的埃及人，
说即使暂时看来永恒，
也在经受着岁月之风的削蚀。
那岁月的罡风削呀削呀，

多高的建筑都会被削平。

埃及人听了都惶恐不安，
没有金字塔，埃及还是埃及吗？
但一个智者却说，
虽然那些物质的金字塔，
会叫岁月之风削成一缕缕烟雾，
但那"金字塔"的概念，
却会一直伴随着埃及人。
这概念是一种文明的象征，
这概念是一种自豪的精神，
这概念植入埃及人的心里，
这概念难道不是永恒？
只要有埃及人存在，
金字塔就永远不会消失。

奶格玛笑道，是的是的，
相对于当下的埃及人来说，
那概念也许是永恒的，
但要是在千年万年之后，
埃及已成为风中的飘影，
那时的永恒会在哪儿？

智者说哪怕千万年之后，
埃及的土地换了主人，
埃及也会化成概念，
存在于历史书之中。
那时的金字塔也会一样，

以概念的方式成为永恒。

奶格玛很想追问一句：
要是整个人类都消失了呢？
但她想到了丧身火中的老夫子，
很担心要是这么一问，
这位智者也会沮丧而死。

要知道很多智者之所以成为智者，
是因为他们在某个方面特别专注。
他们用一生建造了美丽的宫殿，
再用一生来维护宫殿的美丽。
为了这梦想，他们可以付出生命，
有了这执着才能走向成功。
但若是灵魂的支柱一旦倒塌，
他们往往陷落得比普通人更猛。

于是奶格玛行方便语告诉智者：
"你说的也是一种永恒，
但我寻找的那种永恒，
不是仅仅作用于历史，
它还要作用于每一个当下。
只有对当下的人生有用时，
我寻找的永恒才会有意义。
那种存在于故纸堆里的永恒，
不是我真正需要的真理。"

智者听了若有所思，

他希望她找到这永恒时能告诉他。

他说，他在年轻时也想寻找，

但有无数个借口拖住了他寻觅的脚步，

每个借口都天经地义。

最终，他在庸碌中老去，

在犹豫中老去，

在放弃中老去。

命运没给他第二次机会。

他只有一腔怅然和遗憾。

他告诉了奶格玛他一生的所得——

"我发现真正的寻觅不需要条件，

只需要简单地迈出脚步。"

奶格玛答应了这位智者，

也感谢他将体悟告知自己。

尽管知道金字塔无法永恒，

她还是参观了这文明古迹。

那沧桑的金字塔和狮身人面像，

已经被岁月的风沙削平了棱角。

令她意外的是，这个所在，

竟然也是另外一种秘境。

她安住无执境界只看到一片亮光，

却无法进入那秘境的世界。

正疑惑间亮光慢慢散去，

一些长相怪异的生物将她围住。

那生物有着硕大的头颅，

嘴巴和四肢却非常细小。

他们不会说话却可以用心念感应，

奶格玛和他们进行了交流。

原来这里是外星人的基地，
他们一直在做科学研究，
用各种先进的技术和仪器，
探索宇宙中未知的秘密。
他们并不修自己的身心，
只依靠外在的科学技术。
在某些方面可以和修行互通，
在某些方面却大相径庭。

奶格玛问外星人有没有发现永恒，
他们说也在寻觅却没有线索。
探测到的所有物质都在变化，
扫一遍整个宇宙也没有定论。

他们对奶格玛的虹身很有兴趣，
另外对修行的能量也想揭秘。
奶格玛在基地进行了交流，
留下了一些数据后，又回到人间。
她想，未来的某个时代，
科学与修行定然会互相打通，
并且用直观易懂的方式，
去造福更多的有情生命。

第 47 曲　遁藏

我安住于明空之境，
观察那幻境中的故事，
恍惚中打破了过去未来，
一念中包含了大千世界。

我看到了奶格玛，她虔诚无比。
她一边祈请秘密主，
一边了解真理的讯息。
她已经知道了目标和方向，
只是还没看到智慧的入口。
她的寻觅就是找到那扇门，
轻轻推开，融入那永恒的净光。

由于她精勤勇猛地修行，
智慧的明镜已能照彻天地，
她观察五力士的近况，
再也无须等到每月的二十五日。
她也可随缘观察诸人的行履，
了知他们的根器。
胜乐郎在游历中观修，
倒也没出过什么意外。
其他四位，仍像落叶一样，
被卷入世俗之海不能自主。

我发现幻化郎十分有趣，
他是个好学的孩子，
自小喜欢哲学和宗教。
他的脑袋里，尽是些古灵精怪的东西。

他符合外星人的所有特点——
他志趣不凡，已超越了未来和过去，
他还掌握了盗取天机的程序。
甚至，他掌握了黑科技，
有常人所不具备的力量。
因此也被天帝列入了黑名单。

他以自己超凡的智慧，
开掘了山上的宝藏。
用这些宝藏作为资本，
他建立了自己的实验室，
研究各种超物理现象。

为了和他沟通无碍，
我于心光中前往过去。
我跟着奶格玛的虹光之身，
在净光中看到了他的位置，
就在那藏宝的大山里。
实验室就在山腹之内，
入口有一块千斤巨石，
外表实在是平淡无奇，
那洞中却别有一番天地。

我郑重其事地走近那石头，
它光滑如玉，大如巨兽，
我左摸摸右看看不知如何开启，
忽然听到石中传来一个声音。
带几分慌张，携几分怒气。

幻化郎问我所来何意，
我告诉他我来自未来，
我想用我知道的网络语言，
解读那神秘的宇宙规律。

话音刚落，只听轰隆一声，
其声震天动地。
那巨石凌空而起，
为我们打开了门。
就在我们举步迈入的时候，
幻化郎又说道，
心有恶意者，巨石自会落下，
凡所被压，皆成肉泥。
奶格玛听了，只是一笑。
我听见却忍不住想，他真是多疑，
但我是坦荡的，是磊落的，
我的真心日月可鉴。
我从容地穿越了那门。

我们的脚步刚刚迈过，
又是一声巨响，那石头稳稳地落下，

它将这世界分成了两半。
洞外的阳光，明亮而灿烂；
洞内的阳光，柔和而舒适。
我们小心翼翼地走着，看着——
这真是个神奇的山洞！
它没有光源，却无处不是光明；
它没有太阳，却一点也不潮湿；
它是封闭的，空气却很舒爽；
它有声音，却没有回音；
它还是个有文化的山洞，目之所及的石壁上，
刻满了奇怪的文字符号，
它一直纵入深处，不见尽头。

幻化郎说，要听他的引导才能往前走。
走错一步，就会乱箭穿心。
按照幻化郎的指示，
我左脚踩住蓝色的石子，
右脚踏上绿色的苔藓。
我开始慢慢地、有规律地挪移。

走了十多步的时候，
山洞的侧壁忽然打开，
里面有一扇水晶门显了出来，
门后，是一个玉树临风的身影。

我和奶格玛相视而笑，
一起走进那水晶门禁。
随着我们的进入，

外面的山壁又恢复如初。

在幻化郎的实验室里，
我看到了里面的陈列，
那是古典与未来结合的产物，
陶罐里装着闪光的液体，
玻璃缸浸泡着不知名的生物。
奇怪的机器正在运转，
一个个能量团像树上的果实。
此外还有很多复杂的设备，
看似杂乱无章却运行得井然有序。

我说自己是未来的作家，
在一次禅定中发现了他。
他掌握的科技超越了时代，
我怀疑他是外星的生命。
我乘坐无碍的智慧心光，
跟着奶格玛前来采访。

幻化郎接受了我的采访，
他的声音很是微弱。
由于常年躲在山洞，
他脸色苍白，精神萎靡。
他说经过无数次的思考研究和实践，
他发现人类已走到了尽头。
所谓的科学也不尽如人意，
人类还未明白天帝和意识。

我说我已经观察他多年，
我想告诉他我的所知。
请他用他的经验验证，
看我的所得是否真实。

"我眼中的天帝其实是编程者，
他编了一套智能程序。
众生都被输入了源代码，
很难打破那既定的规律。
哲人的思索浮光掠影，
宗教的解释机械而枯燥。
你于是成立了自己的实验室，
建立了新的认知体系。

"你已经发现了天帝的秘密，
也能深入造物者的程序。
你时时可以改变那运行，
也明白万事万物的轨迹。
所有的剧本早已写成，
所有的程序已经编就。
你就在自己窥破的基础上，
开始编写另一套程序。
你也像是另一个天帝，
开始创造新的宇宙。

"不同的时代有不同的概念，
用以界定时代的秩序。
你设计的程序只做两件事情，

一个是运算一个是记忆。
我们其实都生活在虚拟中，
并没有一种不变的真实，
你借用道家的阴阳，
就可以重建这种虚拟现实。

"你的理论基础是心能造物，
也可以理解为万法唯识。
三界唯心是另一种说法，
这个心便是众生的本元心。
它能作用于所有的客体，
它有点像电脑的中央处理器，
这便是道的功能性存在。
从这起点开始了时间与空间，
还有诸多的物质与意识。

"本元心是一切的本源，
它可以无中生有或一空万有。
它无形无相不生不灭，
它无来无去无内无外。
它虽无相但又有一种功能性，
它是超越时空的永恒存在。

"你首先依托这本元之心，
创造了一个本元荧幕，
它能明明朗朗映照一切，
也可以称为大圆镜智。
然后你再生成两个元素，

一个是有一个是无。

本元心生起妙用时，

那荧幕上就有了一个像素。

这便是道生一的一，

它是元初，它是唯一，

它是全部，它是永恒。

有人叫它金刚心，

有人称它如来藏。

它是万有的本体，

有了它，才有了后来的万物。

那本体的空分可用 0 表示，

这现象的起点可用 1 表示。

有了这两个元素，

你就能创造出无穷的程序。

这一空可以生出万有，

成为了一个电脑系统，

包括资料库和运算器。

前者是外在的现象，

后者是六根六识，

它们互相影响，相互作用，

运算出我们所有的感知和经历。

"也可以设定意识的变化规律，

一切行为的表象下，

都有后台的程序运行。

一个个纠缠的量子，

像一群群游动的鱼。

还有时间和空间，

还有无处不在的超常意识。

"世界有世界的本元心，
它同样控制着整体。
世界的本元心又叫法界，
它广大无边，涵盖一切。
它是一个无边的信息网络。
这世上有无数的宇宙，
同样也有无数个你我。
无数种程序控制着你我，
如那生老病死和七情六欲。
我们都源于那个本体，
它在宇宙中不生不灭。
它创造出我们一个个的个体，
个体当然也能回归本体。
路径是一个个卸载后又装的程序，
所以为道日损，损之又损，
以至于无为，才能清净那本体。

"当你开悟的时候，
也等于格式化了你的系统，
清空了曾经的所有程序。
你的悟后起修，
等于重装那系统。
这程序可以由你选择，
你的选择决定了其价值。

"天帝也是编程者之一，

其理论都是大同小异。
你曾进入他的系统，
进行过几次校正修改。
没想到某一次叫他发现，
他发出了追杀令要取你性命。
幸好你学会了修改程序，
所以至今还逍遥法外。
危急时你会进入他的系统，
动一动程序就能转危为安。

"都说天网恢恢疏而不漏，
是形容那网络遍布一切。
你既然窥破了这个秘密，
你也就成了另一个天帝。
只是你福报威德还不够，
才会东躲西藏如丧家之犬。
因此才有那重重机关，
防止天帝的杀手加害于你。
最近他又派了追兵，
你已经几天几夜不敢休息。
我的到来纯属意外，
你本不愿接受所谓的采访，
但内心的程序看到这次会面，
可能会带来救赎的契机。"

我的一席话如月光泻地，
奶格玛露出欣慰的笑意。
幻化郎虽然表情复杂，

绷紧的神经却随之放松。
看得出他很骄傲于自己的成果，
又因为天帝的追杀而忧虑。
更期待一种可能的救赎，
让自己脱离这如影随形的危险。

幻化郎已经接近了真相，
已开始叩问永恒的话题。
我说世界都是程序的交织，
永恒只是一个梦想，
所有的显现都在变化，
没有一处能恒久固定。

他问，难道没有永恒的程序？
我说："那便是智慧的源代码。
我发现所有的生物之中，
都有那个智慧的源代码。
这源代码又叫本元心，
它是一个不变的程序，
是道体在个体中的呈现。
母道若是永恒，
子道亦会无死。
当你达成了与大道合一，
无常水就会融入永恒之海。"
幻化郎说也许是这样，
也许还会有另一种永恒。
但无论如何也当一试，
找到那源代码看看因由。

我教他首先找到荧幕，
那是源代码的呈现载体。
再教他依法而观。
幻化郎按方法观想良久，
却发现了恐怖与惊悚，
我说那是地狱的程序。
每个人都有这程序，
他也可以从此观起。
虽然它还不是本质，
但也是修道的助缘。
看到它就不会向下堕落，
还会增加向上的动力。

幻化郎长舒了一口气，
说："你的解释也算合理，
你用未来的网络术语，
也能解释法界的秘密。
你的观察十分有效，
基本上窥破了我的秘密，
虽然我不熟悉未来的术语，
但究竟意义上殊途同归。"
说话间，他突然脸色大变。
他腾空而起，以脱兔的速度
躲入那个零磁空间。
看那外形，很像一个罐子，
里面却没有一点引力。
原来，杀手发现了他的踪迹。

正依那讯息追寻而来。

他说追杀者用的是意识扫描，
那"雷达"波照不到这个所在。
它在时空的裂缝里，
仿佛一个隐身的秘境。
只是他无法在其中久住，
因为这里会消耗太多命能。
他只懂很多术上的妙用，
却没有修道的功力。

幻化郎打开造化的电脑，
修改了几个程序，
那杀手立刻就茫然四顾了。
只见他像无头的苍蝇一样乱找，
气急败坏，嘴唇在嚅动着乱骂。
幻化郎面露傲色，
那是对天帝的嘲弄和蔑视，
但他满面的傲色中，
却有一份掩饰不住的不安。
他说，他厌倦了这种逃亡的日子。
他想安定，他想惬意地晒晒太阳，
他想悠闲地听听风吹花开的声音。

我发现幻化郎的智商极高，
他是一个真正的通天奇才。
我决定从他身上先行启蒙，
却又发现困难重重。

正因为他的智慧超群,
很难遇到心服之人,
也就很难让他信受奉行。
但他知道自己没有内证功德,
先要苦修成就才能利益众生。
他是一根正蓄积力量的竹笋,
还需要一个破土而出的时机。

第十六乐章

茫茫求索路上，一线光明刺破了暗夜，奶格玛终于找到了永恒的秘密，她见到了那改变她命运的至高存在，也终于完成了自己。

第 48 曲　有为

我和奶格玛告别了幻化郎，
出了山门，我们都唏嘘不已。
她说要是自己还没觉悟，
便无法度化那五个力士。
她决定夜以继日勇猛精进，
实践智慧主母传授的妙法。

按时下的电脑语言，
奶格玛决定先升级自己的系统。
光明的传递需要与时俱进，
要把那智慧的甘露，
善巧地装进顺世的瓶子。
奶格玛的程序是无为之法，
由智慧主母为她亲自安装。
她必须先修出无为的智慧，
才能进一步度化他人。
有为之法如同手机，
无为之法如同网络，
信心便是连接二者的 SIM 卡，
三者兼具才能生起妙用。

我看到奶格玛回到了圣地，
进入那山洞精进修持。

她首先达成了能所俱空，
再生起代表真理的智慧天身，
手中拿着利器神兵，
它们代表了无上的真理。

她于无念中认真观修，
而她恒常修习的无想定
成了她超强专注力的源泉，
它们源源不断地为她输送定力。
因为常修无想定专注力极强，
她的修行突飞猛进。不多时，
她便超越了二元对立，
能安住于正念七个昼夜。

她的世间成就与生俱来，
具足息增怀诛四种功能。
息法成就可息病和灭灾，
增法能增长福慧和寿命，
怀法成就主怀柔勾摄，
诛法成就能降伏邪恶。
即便诛杀也是从慈悲出发，
那杀的本质是另一种度化。

而这次的善缘苦修，
她又具足了另外十四种成就——
收法能收摄所有的护法；
招法能勾招有缘的精灵；
离法可分离肉体和灵魂，

在无上慈悲中完成杀度；
逐法能驱逐顽恶的魔鬼；
迷法能迷晕强盗和土匪；
僵法能定住众生的身体，
使其僵硬失去活动能力；
橛法可用金刚橛诛杀；
封法可使对方的六根失去功能；
呆法能破坏恶人大脑，
让其痴呆不会再害人；
变性法可以互换性别；
换体法可以夺舍成真，
要是身体已经衰老，
还可以换个年轻身体利众；
明目法可透视一切；
速行法能隐身飞行；
点金法可点石成金，
还能差遣神鬼利益他人。

此外还有多种成就，
能分身化物变化身形。
可以随心意变成万物，
可以分身摄物有无量化身。
她可以将一变为千千万，
到处都能看到奶格玛真身。
她可以随意化现一切事物——
一片树叶，一根小草，一片浮云，
一只温顺的小猫，或是一匹狂野的马，
甚至庙宇，城市，乃至整个宇宙。

她也可以随心而至，到达任何所在。
想去哪里，当下就能成行。
还能取用如意也生杀如意，
种种方便法门只为度众。
奶格玛已经具足了大力，
这一切都因殊胜的观修。
她知道般若智慧家家都有，
也存在于诸多的经典之中，
要是没有智慧的妙用，
行者便无法具足大能。
以是故奶格玛苦修冥想，
开发了大脑更开发了潜能。
本质上也是跟法界相应，
那一个个符号都隐藏着秘密。
也正因为明白了这些秘密，
所以她的传承弟子中，
少有狂慧之徒而多注重实证。

虽得到了以上的多种成就，
奶格玛却并不满足。
她继续精修无为之法，
到此时已圆满了神足通。
她前往智慧主母宫殿，
向智慧主母报告了所学所得。
智慧主母说："现在你已有穿越能力，
可以去见秘密主了。
他会传你无上的瑜伽，
让你具足功德大力。

虽然我也能传你妙法，
但缘起上还是要找秘密主。
他是究竟真理的源头，
是大道本体的人格化呈现。
你只有得到了他的智慧授权，
你才会成为真正的宗师。"

奶格玛闻言涕泪交流，
她很想吐露她内心的感恩，
但泪水却如决堤的海水，
它们汹涌而来，你追我赶，
争抢着滋润脚下的土地。
奶格玛感谢智慧主母的慈悲开示，
生生世世永远不背誓言。
智慧主母笑了。她的笑灿若云霞。
她温柔慈爱的声音一波波传来：
"孩子，你的成就不可限量，
证得大智大力方可承担使命。"

奶格玛在泪眼婆娑中告别了智慧主母。
神足通前往色究竟天。
那里属于色界第十七层，
行者只要舍离欲恶和不善，
念念住于清凉之行，
命终就能到达色究竟天，
亲聆秘密主的智慧教导。

秘密主恒住于无为之境，

他慈心无限，悲心无边，
他接引着如法的寻觅真理者，
帮他们达成智慧的超越。

在光彩四射无比壮美的圣城，
奶格玛见到了秘密主，
他寂静、庄严，和蔼至极，
经典的跏趺坐，脸庞宁静如月，
彩虹的身子触之无质见之有形。
周围还有祥云环绕。
他正在讲经。
梵音悠远如空谷的回音，
表情娴静如雨后的青萍。

奶格玛觉得异常平静，
内心明明朗朗如同透明水晶。
灵魂感到清凉和安详，
烦恼和躁动都被抚平。
那奶格之星放出巨大光明，
光明中交替变换七种色彩。
她感到一种前所未有的安详和喜悦，
这种感觉，超越一切。
她什么都不想说。
她只是俯下身去，
一遍又一遍地顶礼。

秘密主结束了这天的讲经，
看到了一脸虔诚的女神。

"好了！""好了！"
当这慈祥的声音传入耳中，
一颗硕大的泪，
从奶格玛眼中滚落了下来。
她没有委屈，
她也没有任何情绪。
但这滴泪却是她唯一的表达。
她说，她一直在寻找永恒。
"可是圣尊，如何才能永恒？"

秘密主问她，为何寻找永恒？
奶格玛就讲述了娑萨朗的故事，
讲了她和不老女神的梦想，
讲了五大力士的命运，
讲了这人世间的苦难，
讲了她对永恒的追寻。

秘密主问："你可曾找到永恒？"
奶格玛说："我找遍了整个法界，
都没有找到一点儿永恒。
那诸多的存在都是条件聚合，
忽而出现忽而消亡——
有条件时诸法聚合，
条件消失时现象无存。
也没人知道什么是永恒，
据说那是永恒的净光。

"例如我看到相爱的恋人，

他们认为爱情能永恒，
可是环境变化心就跟着变化，
那爱情也化为无常之风。

"我还看到千年的建筑，
巍峨大气好个壮观。
但岁月的风沙时时侵蚀着它，
它一寸寸地削减终归泥土。

"我又看到种种长寿的瑜伽，
因为寿命太久令人产生错觉，
认为那就是真正的永恒，
可是连梵天也在渐渐老去。

"我更看到立功、立言和立德，
那固然是一种伟大的精神，
但是必须有人类才有这精神，
人类灭亡的时候精神又在哪里？

"此外还有其他的永恒，
都经不起'然后'的追问。
仿佛那'然后'就是无底的深渊，
会把所有永恒都拽入黑洞。"

秘密主听了朗然而笑，
说："孩子你已经接近了真理。"
她问一声："真的吗？"
秘密主说："如是如是。

真正的究竟真理，
是明白世上的一切都是幻化，
都没有永恒的本体，
根本不值得你去执着。
你放下那一切执着，
你便契入了智慧净光。"

奶格玛说："我明白了，
请师尊聆听我的感悟：
那纷纷扰扰的花花世界，
其实不过是心的幻影；
那冥想时追求的殊胜觉受，
也不过是空谷的回声；
那万千人追求的永恒之树，
究竟看，何曾有永恒的实体？
因为有虔诚的光道相连，
我们才到达自由的幻城。"
秘密主笑道："如是如是，
你已经见到真理的面容。
不过它只是一个方向，
还需要你不停地向它靠近。
目的地不能代替过程，
还要靠戒定慧作为大基。
要是没有戒定慧作为基础，
容易成狂慧佛也难救。
世上有许多狂慧之徒，
总是徒逞口舌之能。
口若悬河谈密说空，

造作中作秀冒充成就。
哪怕明白了究竟的真理，
也只是一种卖弄的谈资。
真正的真理需要实证，
需要用行为一步步践行。
所以还需要诸多的方便法，
来巩固自己的所悟所证。"

奶格玛问："我是在做梦吧？"
亦真亦幻中甜蜜无比。
她的心头明明很激动，
阵阵激动却又无比平静，
仿佛栖身于云朵之上，
坐看这一世的繁华聚散。
也仿佛安坐于寂静河床，
静观海面上大波的汹涌。

秘密主微笑说："如是如是，
当你执着的大海倾覆，
当你的所有贪婪都化为云烟，
你才会发现生命的真相，
那其实也是法界的秘密。
要知道这世上纷繁的现象，
都不过是梦幻游戏呀。
当你见到这究竟的真理，
你便已超越那烦恼的大海。
当你对真理生起净信时，
你就要向往那种光明。
你就一步步走向它，

你就这样走呀走呀，
一步步就会接近那光明。
当你融入那光明时，
你便远离了贪婪愚痴和仇恨。

"你要想融入那光明别无他法，
你必须构建一条信心的光缆，
智慧光明才会借着那缆，
从那光明的智慧源头，
流入你渴求真理的心中。
那时候光明的觉悟浪花，
才会朝你粲然而笑。
那时候永恒的无垢净光，
才会出自你无为的真心。"

奶格玛恍然大悟喜极而泣，
问是否还要找五个力士。
秘密主说当然要去寻觅，
大道真理要借以悲心，
你必须先救度有缘的弟子。
娑萨朗人的苦难源于福报已尽，
也因为悲心力弱很难救度。
五力士能救度众生苦难，
可化解贪嗔痴慢疑五毒。
胜乐郎能救度众生贪欲，
以空乐智慧来达成救赎。
威德郎能降伏众生嗔恨，
超越后可成就无上事业。
密集郎能救度众生慢心，

随缘度化要借助知识。
幻化郎能救度众生疑虑，
超越后可达成天人合一。
欢喜郎能对治众生痴心，
用理性智慧才能唤醒自己。

"他们也是你的自性眷属，
有了团队才能成就大事。
一个人便是浑身是铁，
你也打不了多少钉子。
真理需要团队和传承，
有效的组织能产生大力。
你需要搭建你的团队，
把智慧化为具象的体系。
密集郎是身的总集代表，
真理需要用行为来体现；
幻化郎是语的总集代表，
真理需要有效的传播；
欢喜郎是意的总集代表，
真理要有精神的超越；
胜乐郎是功德的总集代表，
真理要有利众的功德；
威德郎是事业的总集代表，
影响力是重要度众方便。
你当将五者融为一体，
真理才会有相应的大力，
将五者融入你的智慧大海，
你才能成为众生的依怙。"

第 49 曲　无修

秘密主授权之后再行方便,
对奶格玛进行了智慧加持。
假设奶格玛是一台智能手机,
秘密主就是在为奶格玛升级。
他将她的硬件全部更换成最顶级的配置,
还为她清理了所有的隐患,
并且装上全新的系统。
再沿着信心的网线,
为奶格玛传了第一个程序包。
这个大包里有五个子程序,
是真理网络中的核心秘钥。
熟练运用这五个秘钥,
能生出度众的种种大力。

第一个软件包安装成功后,
秘密主又为她安装软件。
它类似一种启动程序。
还有诸多随许的方便——
火瑜伽可生起生命的空乐,
激发了身心本有的潜能,
不仅软件运行极快不受干扰,
硬件也因这程序而常用常新。
可不生不死而超越三界,

随缘能进入任何时空。
这一点像是接通了网络，
那网络信号覆盖整个法界。
奶格玛变成了一个超级用户，
可以随意进出任何网站。
永恒的净光源于清净，
有为法永远是梦幻泡影，
无为法才能达成永恒。

秘密主把这超级用户的性能再做升级，
让它与网络融为一体并实现永恒。
奶格玛仿佛一滴水融入大海，
任何病毒再也损伤不了她的系统。

再授梦观瑜伽修炼梦境，
能梦中知梦并转变梦境。
那梦观净化了所有的意识，
于潜意识深处证得光明。
这是一个杀毒的程序包，
可以删除系统隐藏的病毒。
层层地清理直至清净本源，
从此手机变得无比畅通。
更有无数度众的方便，
如长寿法可以延寿长生，
财神法可以洪福齐天，
敬爱法可以号令三界。

秘密主已为奶格玛装好了各种程序，

程序的启动和运行还需要时间。
他说："你当勇猛精进而观修，
以成就无上的智慧庄严。"

奶格玛谨遵师嘱勇猛精进不舍昼夜，
很快就明白了心性的秘密，
心性也清除了污垢，
具足了无相的智慧。

她的自觉已经圆满，
但觉他尚需假以时日。
小树的成长需要时间，
更需要经历春夏秋冬。
她曾将烈火化成了海洋，
于大海中生出无数的莲花宝树。

她的升华之路有如下阶段：
如果把她比作一台手机，
修行便是升级的过程。
为了寻觅合格的工程师，
她不畏艰辛，风雨无阻，
经历了种种波折甚至困厄。
当她找到他，她凭借无伪的信心，
把自己完完全全地交给他，
任由他开膛破肚修理身心。

奶格玛先格式化了自己，
卸载了所有以前的程序，

再升级她的软硬件系统，
安装上一个个新的程序，
慢慢地启动慢慢地运行。
随着程序逐渐启动，
手机的功能日益完善，信号日益强大。
再后来她已不是单纯的手机了，
她开始升级成服务器，
服务于千千万万的手机，
她就是运营商，就是源代码。
最后她成了网络本身，
所有的手机都是她的载体。

随着奶格玛智慧的显发，
恩师那一个个殊胜的智慧种子，
也化成一个个光团。
它们从恩师的心中流下，
一直进入她的头顶再到心轮。
它们与她融为一体，
他们一起化作了无尽的光明。

奶格玛变成了一粒沙，
走入这沙中便是一座城。
城中的每颗尘埃里，
又蕴含着一座城。
层层的城市里，
安住着无数的有缘众生。

这城里还有肥沃的田野，

田野里有无数的种子，
它们一起摇旗呐喊，擂鼓助威。
它们在膨胀，在蓄势。
它们只待那因缘的春风一吹，
便会破土而出。

她的每个细胞都融化了，
仿佛泡进无形的温泉。
那惬意柔软了身心，
带着来自亘古的清凉。
从此她再也没了自己，
变成一种伟大精神的载体。

她发愿生生世世有所担当，
用行为来传递这份光明。
她把自己变成无边的厚土，
孕育一个个能承载文明的种子，
将人类的文明代代传承。

她久久无语，
她大默大声。
她如同虚空无所挂碍，
但她并没有离去，
她只是换了一种方式存在。
你的世界里依然有她，
你世界里的一切，其实都是她。
山川大地是她。
江河湖泊是她。

甚至你也是她。
她仿佛重复着做同一个梦。
以前她在娑萨朗做梦，
后来因为一次次寻觅，
在旅途中又开始做那个梦。
再后来她在夜晚搭起帐篷，
睡在芳草萋萋的野外，
看着天上的星星吹着微风，
她渐渐睡去，
结果还是做着同一个梦。

她像是移民到智者的国度，
但梦中萦绕的仍是
前世的山山水水，
它们兜兜转转，相互缠绕。
看到曾经的人们轮回着曾经的事，
她黯然泪下。
他们仍是他们。
而她，早已今非昔比。

她虽处于殊胜的净境，
但梦中的净境此刻才出现。
那里没有世俗的纷纷扰扰，
那层层叠叠的梦境，
宛如挡住光明的遮眼布。

她开始去撕那些布，
一层，两层，三层……

撕的过程当然不会美妙，
因为无始以来习惯了酣睡，
而扭转惯性是最费劲的事。
于是，每撕一次，都会疼痛一次。
起初是剧痛，后来是钝痛，
再后来，她爱上了这痛的撕，
因为她每痛一次，看到的光明就更多一点。
她一下下认真地撕，
她流着泪撕，
她微笑着撕，
她日里夜里地撕，
她边祈祷边撕。

你我也做着同样的梦，
你不知道未来，看不见光明。
你也不知那遮眼布尚有几层，
你甚至不去问那些智者，
你只想默默撕下去就好。

其实很多问题不必问，
终点代替不了过程。
撕下去就是最好的答案，
总有一天你会见到光明。

瞧，那智者偷偷笑了，
他看着梦中抓狂的你。
他一直在监控着你的梦境，
甚至还参与你梦境的内容。

其实你梦里的一草一木，
每一个人、每一件事，
都是他为你设计的剧情。

看吧，
黑暗的世界透入一丝光明，
那梦境也消失了很多迷情。
你仿佛住在了一朵莲花里，
开始渐渐地苏醒。

你像是进入一个陌生的世界。
脑中先飘起漫天的雪花，
接着现实世界的图像开始支离破碎，
仿佛被撕碎的纸片。
那些碎片随风而远去，
整个天地呈现一片空白。
空白中渐渐生出一个光团，
光团大了，又大了些，
最后变成一个新的世界笼罩了你。

你升起阵阵疑惑，
但你却从不怀疑自己在做梦。
要知道造梦者从不怀疑梦境，
无论那梦境多么荒谬。

而此刻，一切都显得那么真实。
你看到这个世界里有好多半透明的人。
他们有仿佛气雾一般的身体。

他们在桥上欣赏莲花，
他们在树下打坐，
他们在散步，
他们在诵经。

这个世界并不美丽，
它更像是一个空旷的广场，
偶有的建筑古朴而厚重，
简单大气中洗尽了岁月的铅华。

只能说白茫茫一片大地真干净，
无边无际的空旷令人心旷神怡。
当你站在长城之颠，
或者跨海大桥上的时候，
定然会产生这种感觉。

空旷里还有阵阵清凉的风，
透过皮肉吹入灵魂，
让你僵硬的心变得无比柔软，
对世界的感知更加敏锐。
嗅到一朵花，你是感动的；
看到一片叶，你是喜悦的；
触到一滴雨，你是兴奋的。
因为这风，你爱上了这世界。

风中还飘来阵阵香气，
那是一种亘古的味道。
仿佛盘古开天地之前就存在了，

那香气也勾出你内心的香气。

于是你醉了，你醉得一塌糊涂。
你与这大天大地融在了一起。
你躺下来，看着天上的太阳。
天上真是有趣日月竟然同辉，
还有一道彩虹连接着它们。

突然，一个猪头样的女子出现了，
你的怀里顿时钻进了一只小鹿，
你欲狂跑。你已预备好，
只等一声令下——
但那女子一望你，
世界便静了，你也随之静了。

于是你看着她，
她的眼睛是如此温柔，
仿佛深邃的古井，
又像透明的琉璃。
她的气息，如兰如黛，
它们离开她的躯体来舒畅着你的脏腑。

她也这样看着你，
她不言不语。
她伸出手拉起了你。
你又是一阵惊愕！
那是怎样的妙触啊，
它不同于世间女子的柔滑细腻，

却有一种大乐，
从她手掌出发，直入你的心里。

那能量像是燃烧的火焰，
但没有灼热的温度。
又像是清凉的波，
一晕晕荡向天际。
你没了自己。
你已成为光，
你无边无际，
你又无处不在。
你想起了自己的恩师，
那个伟大的智者，
忽然之间你泪流满面。

第 50 曲　再会师尊

奶格玛找到了永恒的秘密，
恩师之恩，无以为报。
每每想起，总是泪流满面，
她前往色究竟天拜谢恩师。

秘密主见到奶格玛面露喜悦，
他放出了种种智慧光明。
那光明朗照了十方三界，
显出百千万亿的瑞相。

只见原本湛蓝的天幕上，
一下子涌出万千云霞，
赤橙黄绿青蓝紫，
簇成一团团繁花。
它们似在燃烧，又似在狂欢，
它们不断在天空变幻着身形，
飘在碧然如洗的画布上。

而东西两方，
也是光明无限，
万道霞光形成手印，
镶嵌在天的两边，
这样的瑞相亘古稀有。

千年后，再次在一个小镇上重现，
它惊艳了天地，
也惊艳了人们的眼。

秘密主说："善哉善哉，
你的成就如此巨大，
可以算得上前无古人，
然而不是后无来者。
因为有大因缘还在滋生，
在你的清净传承下，
成就者会像天上的星星。

"你的身成就如此圆满，
可以随意进入三界时空。
于轮回未空时恒久住世，
化现为无量的智慧女神。
你幻身游戏于幻网世界，
不再有凡俗的执着与贪念。
哪怕是三界此时崩溃，
也难动摇你如如之心。
能广度无量欲界的众生。

"要是你精进修持广行利他，
更发愿广度无量的众生，
这必须依靠大量的积累，
还有一个个春夏秋冬。
积水成渊垒土成山，
方能成就无量的功德。

"虽然你智慧成就巨大，
但需要五个力士作为护驾。
让他们也能究竟成就，
才能做你的自性眷属。
当他们拥有了智慧大力，
你才能号令三界的众生。
这是因缘使然，当需随顺。
缘起上会有这样的境遇。"

奶格玛感恩师尊的教诲，
她忽然明白了智慧主母的话。
寻觅的过程才是意义，
结果仅仅是水到渠成。

回想这一路
追寻与迷茫，
奔波与彷徨，
正是那挫折与坚持成熟了心性。
虽然承受着巨大的压力，
但从未动摇过对永恒的追寻。

很多人便是走到中途放弃，
无数个理由都成了囚笼，
那些天经地义的理由，
锁住了他们寻觅的脚步。
他们本有千里马的基因，
奈何又选择做了毛驴。

在日复一日的舒适中，
他们终于心安理得，
给自己找了更多的借口。
它们掷地有声，理所当然，
其实不过是安慰自己的道具。
他们彻底回到原来的笼子，
在污泥之中舒服地哼哼。
那寻觅的道路寒风彻骨，
怎会有这天伦的温馨如初。

那梦想的火苗渐渐灭了。
待到迟暮之年，白发苍苍，
他也许会感到一丝惋惜滑过心头，
但错过了也就错过了。
他甚至会用自己潮湿的翅膀，
去扑灭其他追梦的火苗。

人的悲剧就源自于此。
一个个放弃造就了一个个庸人，
松一口气就多一个理由，
不知不觉便坠向泥潭。
从此，他们成了梦中最好的人，
他们会在泥潭里伸出温暖的手，
以经验和好心的名义，
拉下更多追梦的人。

寻觅的路上可以怀疑，

寻觅的路上也可以动摇，
寻觅的路上还可以退转，
寻觅的路上决不能放弃。

坚持是黑夜里的灯盏，
坚持是本能的警觉，
坚持是对命运的校正，
坚持是自己活着的意义。

在你动摇转身的时候，
扭过头再望一眼那伟大的存在吧，
听从内心向往的声音。
紧一紧身上不堪重负的行囊，
束好有些松动的足衣。
只要心意坚定，
即使前路漫漫，路况险阻，
也能在风雨之中继续砥砺前行。
在一个个脚印里，
你走向光明。

你头也不回地走，
你坚定信念地走，
你风雨无阻地走，
你不留遗憾地走，
能不能到达是上天的事情，
即使死在路上也足慰平生。

说完了该说的话，

表完了想表的情，
终于又到了必须说再会的时刻。
聚散总是依依，
即使已觉悟成就，
也总有难言的情谊在心头。
告别秘密主的奶格玛，
就像当年离开母亲的小女孩一样，
恋恋着不舍，依依地回头，
只是她不再流泪。
她知道，与恩师虽有显现的分离，
但本质上她与师尊已成一体。

第十七乐章

　　胜乐郎的生命中走进了两个新的女子，一个是相貌丑陋的老乞婆，另一个是眉目清秀脉脉含情的小女子，她们的出现会给胜乐郎带来怎样的考验？

第 51 曲　磨砺

在净境中，奶格玛继续观察五力士的因缘。
欢喜郎又在招兵买马了，
那恶魔的野心一旦被启动，
就能掩蔽智慧的光明。
之前尚存一丝对永恒的希冀，
此刻已完全泯灭。
他已完全失去向往。
功业的快感令他陷入疯狂，
他成了一个十足的疯子，
像瘾君子一样吸食着血腥。

威德郎更是利欲熏心，
他的杀戮之心如喷涌的火山。
在他暴力文化的滋养下，
全民皆兵，好斗尚武。
百姓都成了干燥易燃的稻草，
被他源源不断地填入战争的火炉，
尽数化为青烟和灰烬。

而那些草民，以战死为荣光，
他们兴奋，他们激动，
他们同仇敌忾，高喊着
"保家卫国，舍生取义"的口号。

他们更以毁灭世界为傲，
同类的尸体是他们的荣耀，
敌人的头颅激励着斗志。
他们是平庸之恶的优秀代表，
也是这个世界上最可怜的众生。

再看密集郎和幻化郎，
他们学富五车，才高八斗，
心灵的瓶子里装满了知识。
清空瓶子尚且需要时日，
而他们还自以为是。
他们视烂铜为黄金，
视尿液为甘露，
他们孤芳自赏，闭门造车。

五人中，只有胜乐郎走在寻觅的路上。
只有生起那求索之心，
才能出现度化的机缘。
奶格玛决定先度胜乐郎，
让其早日成道助自己弘化。

此时胜乐郎仍在流浪，
一边苦行一边参学。
他虽然已经开始了寻觅，
却还没有看到目标。
他虽然有着很大的信心，
但一直没遇到具缘恩师。
他以前的恩师虽也成就，

但因四处流浪居无定所，
并不曾进一步教化弟子。
这当然也是因缘使然，
一切必须等候机缘，
条件具足方能瓜熟蒂落。
于是，胜乐郎便一路行往圣地，
沿途参访有缘的高僧大德，
等待着与具缘恩师的相遇。

奶格玛化现为乞婆，
候在胜乐郎前往圣地的途中。
她丑陋肮脏，她疯疯癫癫，
她的三十二种丑态中，
藏有不为人知的秘密。
而她八十种庄严的大美功德，
也全都隐在这些大丑之中。
她身上的布缕残如败絮，
一条布缕记载着一个解脱的法门。
她背负着八万四千条布缕，
候在路上，边唱边跳。
没有人能听懂她在唱什么，
她的真言只唱给有缘人；
也没有人能看懂她在跳什么，
她的智慧舞蹈只跳给会欣赏它的人。
她一步一步，步步生莲。
她在法界的微风中，
为众生种植着漫天的白莲花。

他终于来了。
她已记不清等了他多久，
他也记不起她是故人。
他们乘着光影来到这里的剧码，
已模糊成黄昏的水墨了。
而寻觅途中的汗水与泪水，
幸福和痛苦，挫折和打击，
也交织在一起，正稀释着那点印记。
看到他，她的内心如镜。
他却一脸苦情。
他常常思维轮回之苦，
总为六道众生祈请回向。

看出胜乐郎的因缘已经成熟，
一阵喜悦涌上奶格玛的心头。
在五个力士之中，
她与胜乐郎最为投缘，
一见面就想到过去的情景，
心中涌起无量的温情。
那一份前世的熟悉，
透过隔世的迷雾，
已拉近了今生的他们。

只见胜乐郎边行走边持咒，
目光看起来十分空灵，
奶格玛走上前打个招呼，
叫一声："胜乐郎你可安好？
你是否懂得了瑜伽的精义？

你是否明白了真理?"
胜乐郎说:"我知道瑜伽,
也理解瑜伽独有的精要。"
奶格玛笑了。她说:
"名扬天下的胜乐郎啊,
你没有辜负苦难的众生。"
她又问:"你可知道瑜伽的密义?
你是否明白真理背后的秘密?"
胜乐郎接着说:"如是如是,
我明白真理背后的秘密,
也知晓所有修持的密义。"
一听他如此说,
奶格玛发出号啕哭声,
说:"原来胜乐郎也会骗人!
你猪鼻子插葱,装什么大象!
只是懂得了一点皮毛,
怎能信口开河去骗人?"

胜乐郎一听,面红耳赤,
他有些恼羞成怒了,
他差点就张口反击了。
突然,他的内心生起一个念头——
这个乞婆不同凡响。
莫非是智慧女神有意点化?
他毫不犹豫,他跪了下去,
他不能错过这一殊胜的相遇。
他瞬息间泪流满面,
他涕泪交流地祈请:

"慈悲的女神，
我一直在寻觅觉悟的光明，
请您为我指一条路。"

奶格玛告诉他——
"虽然你已得到教导，
虽然你的恩师名满天下，
但你心生傲慢坏了缘起。
你是貌似有信仰的作秀者，
作秀是你最擅长的技能。
在人前，你秀给他人看；
在人后，你秀给自己看。
小有所成，你就沾沾自喜，
表面上看破名利，实则极重虚名。
这是一种虚伪的大毒，
可惜你自己不能自省。

"你难道忘了上次的境遇？
你的恩师仅仅忘记礼节，
你就怀疑他的证境，
怀疑他的教导，
认为他在编故事骗人。
一件小事就能让你生出退转，
一个细节就能让你坏了信根。
你还巧言令色为自己开脱，
你何曾生起过真正的忏悔？
你其实固执己见不生忏悔，
即使遇到成就恩师，

资粮不足也会擦肩而过。
你明明知道恩师的功德，
你明明知道自己的问题，
你明明知道心中的五毒，
为何巧言令色不思改悔？
这是世上最大的无明，
也是世上最大的愚痴。
虽然你有过无上的功德，
但这种业障会遮蔽你生生世世。

"你因为出身高贵极好面子，
时不时装出一副清高的表情。
虽然也时时做些善事，
但内心深处却并不清净。
看起来那善行毫无目的，
其实总在思忖所谓的功德。
这都是机心与功利的表现，
离真正的虔诚还很遥远。
你当痛哭流涕地忏悔，
洗心革面重新做人。"

胜乐郎闻听此言放声大哭，
明白眼前人定然是智慧女神，
她的智慧没有障碍，
知道自己过去的隐情。
上一次因卢伊巴偶然失礼，
他就怀疑恩师无量的德行。
虽然心中也知道恩师的成就，

但怀疑的火苗依旧升腾。
有时候做个大决定不难，
只需要一时的情绪和冲动，
难的是时时刻刻都谨遵师嘱，
心心念念都信受奉行。
因为各种习气都会常常反复，
还披着合情合理的外衣。

他的眼睛总是在挑剔，
常拿世俗的眼光看人。
眼里的白翳遮蔽了光明，
也异化了恩师的无量功德。
对卢伊巴恩师他没有净信，
因挑剔评判生起邪见。
还总在言语间不留口德，
是是非非随唾液乱迸。
两个哥哥本来有信仰，
也对卢伊巴很有信心，
只因自己的口无遮拦，
坏了两个哥哥的信根。
最可怕是自己极好面子，
听不得别人对自己的提醒。
总是巧舌如簧自我辩解，
并未从内心深处真正反省。
如今智慧女神指出了病根，
他就想真正地革面洗心。
他伏在地上恸哭不已，
希望恩师给他改过的机会。

奶格玛明白他真正知错，
也知道他能踏上正途，
遂由嗔转喜一脸喜悦，
扶起了胜乐郎再次叮咛——
"你既然错过了一个成就师，
就不可一错再错空过一生。
这世上虽然有诸多的星星，
但你人生中的太阳只有一个。
那诸多的星星尽管也闪亮，
却只有太阳会照亮你的天空。
你过去的老师犹如星星，
你的根本恩师是太阳临空。
你此刻还在夜路上踽踽而行，
说明你不曾证得光明。
你当放下身段再拜明师，
将全部身心供养你的师尊。
你的明师可能在天边，
也可能在眼前，你不要迷蒙。
若是你对我有大信心，
我愿意指点你化解迷情。"

胜乐郎有宿慧闻言大喜，
连连磕头叫声"师尊"。
他说："我愿意供以全部身心，
请您接受我为弟子。
我愿生生世世地追随师尊，
我愿无计无执地净信师尊！"

说罢他汗毛直竖浑身颤抖，
跪在地上涕泪直流。

奶格玛点点头粲然而笑，
说："你且跟了我前往秘境。"
说话间师徒二人继续前行，
到一处秘境席地而坐。
那秘境只是个普通的山头，
胜乐郎肉眼凡胎看不透玄机。

奶格玛说："既然你有了信心，
我还想试试你是不是净信。
你敢不敢跳下悬崖？
你敢不敢碎骨粉身？
要知道信仰之门如地狱之门，
需要断绝所有的犹豫。"
说着她指了指前面的悬崖，
看上去深不见底且闻虎狼声声。

胜乐郎脸色突变，
先是白色，复又转红。
他下意识地思忖着——
"我倒不是怕死贪生，
只是因为不知她的底细，
究竟是骗子还是师尊？
若是师尊化现倒也罢了，
若是骗子我会白白丧生。"

这一想就产生了犹豫，
奶格玛便冷笑着腾在了空中。
她没有恢复女神的真容，
还是保持着乞婆的样貌，
指着胜乐郎破口大骂：
"你这个骗子花言巧语，
心中却把我当成骗子，
你还是滚回去当你的乞丐，
再也别说自己在修行。"
说罢她化成了一道彩虹，
顷刻间消失在半空之中。
眼前只剩下一晕戒香，
那戒香闻起来十分清凉，
提醒着胜乐郎方才的情景。

一声悲号，从心而起，
他不由得放声大哭，
那哭声升至天空，传遍四方。
可声声悲哭虽能让山谷震动，
却没有唤回离去的师尊。
胜乐郎一边痛哭一边思忖，
虽然那怀疑合情合理，
但它毕竟坏了缘起，
遂诚心忏悔自己的二意三心，
他怕缘起一坏会后患无穷，
更怕从此便错过大恩师尊。
于是他做了十万个礼拜，
一边忏悔一边至诚祈请。

原以为忏悔后师尊会现身，
谁料想她一直无影无踪。

胜乐郎虽然见不到师尊，
但心中已生起无上的信心。
他将以前观修的本尊，
换成了奶格玛示现之身，
一边祈请一边观修，
饿了吃一个山果，
渴了饮一捧泉水，
很快变得瘦骨嶙峋。

一月后他开始四处寻觅，
寻遍城郊再未见师尊身影。
他到了一所寺院暂且栖身，
在禅房中祈请师尊的出现。

日复一日，未见师尊现身，
胜乐郎心中好个懊悔，
整日里装模作样持咒观修，
真佛现前却疑神疑鬼。
他恨自己多疑的性格，
用最恶毒的诅咒诛杀疑心。
他忽然发现那所有的怀疑，
真正指向的恰恰是自己。
因为自己装模作样地虚伪，
所以怀疑别人也是骗子。
因为自己贪图世间声名，

所以怀疑师尊也欺世盗名。
所见的世界都是自心的倒影，
心灵的污点才是问题的根源。
于是他安住当下祈请师尊，
净化自己内心的业障。

某天一个女子来禅房找他，
说是对他生起了大信心。
还说她目前正在寺院学戒，
有些心事想要向他倾诉。
原来寺院住持看上了她，
在他连续不断的恩威并施下，
她终于抵挡不住那严逼利诱，
顺从了他。
她觉得她的信仰坍塌了，
她生不如死，痛不欲生。
她很想自尽了事，
却又舍不得这人身之宝，
她知道，自杀是入地狱的罪行。
已经走错一步她不能一错再错。
她的心仿佛暴风雨中的秋萍，
每日里都六神无主痛苦不堪。

胜乐郎进一步询问详情，
结果令他惊骇不已——
那住持是有名的僧人，
但常干下三滥的营生。
他找靠山，跑路子，

把持山门多恶行，
他排除异己，赶走清净僧人，
他霸占所有能霸的庙产，
他勾引年轻貌美女子，
他房中的宝物成堆成山。
因为他行贿已成气候，
谁也动不了他分毫。

胜乐郎听说后气冲斗牛，
立刻到官府中具状投诉。
没想到那恶人却先行告状，
煽动了诸女子污蔑他性侵。
那诸多女子或哭或闹，
在大堂之上骂他禽兽。
胜乐郎百口莫辩，
众百姓纷纷唾骂，
那官员又铁面无私一脸公正。
胜乐郎于是声名狼藉，
被关入大牢施以酷刑。
百天后再乱棒打出，
遍身的伤疤流血流脓。

好在这无妄之灾也非头次，
他在牢中专修忍辱，
并时时生起祈请之心，
希望师尊能加持弟子。
终于熬到刑满释放的那天。
出了狱他觉得恍若隔世，

想到师尊他再次泪流满面。
他一遍遍在心中呼唤着她。

他的声音已经沙哑，
他的气息有些微弱，
但他仍在观想着她，
思念着她，祈请着她。
他多么希望她温暖的笑容再次出现，
她清凉的气息能包围着他，
疗愈他的伤痕，
拂去他的疼痛，
安慰他浓烈的想念……

奶格玛观因缘再次现身，
叫一声："胜乐郎你可净心？"
胜乐郎见师尊忽然出现，
喜极而泣匍匐在地。
他受尽了千般折磨万种委屈，
在绝望之中依旧没有放弃。
如今师尊再次出现在面前，
他发愿把握机会不再错失。

胜乐郎说自己资粮早已圆满，
只等着恩师点亮心灯。
奶格玛于是呵呵而笑，
那乞婆的外现丑态百生。
说："你可愿意当我的男人，
我们在枕席间成就因缘。

虽然我老得不成体统，
但我还是愿意供你金身。"

胜乐郎一听又心生疑问——
"这莫非是魔王坏我戒行？
虽然她像上次的智慧女神，
但看上去却不像有清净之心。
自己守身闻戒已达十年，
比上座部大比丘更像比丘。
若此刻破了梵行之戒，
定然会堕入红尘苦中。
那百出的丑态好生恶心，
哪有智慧女神的端庄殊胜。
我肉眼凡胎不识真假，
踏错一步便断了法身慧命。"

他拧了眉头，不再言语，
那机心的习气又燃起火焰。
内心纠结，反复权衡，
奶格玛已经又一跃而起，
腾在空中。她再次怒斥——
"可恶的小骗子不识抬举，
花言巧语来欺骗师尊。
你分明是个好龙的叶公，
祈请了千万次只是作秀。
待得师尊真到了眼前，
你狗肚子里却生了蛆虫。
你头上顶着光荣的戒疤，

却一肚子的男盗女娼。
你把修行当成了工具，
满足自己的名利和虚荣。
那十年的戒行是你行骗的资本，
既在骗别人又在骗自己。
罢罢罢扛了你的执着，
快点去热闹处装腔作势。
骗一些善男信女的供养，
下辈子再当牛做马或入地狱之门。"
说完她冷笑三声，化光而去，
空中撒下片片花瓣，
空气中有戒香袅袅。

胜乐郎见此状如遭雷殛，
又坐在地上大放悲声，
说："我遭遇了牢狱之灾，
这一回才会生起疑心。
这疑心也算合情合理，
没想到再一次坏了缘起。
真正的净信是没有条件，
看样子我还需要多多苦行。"
于是他继续行忏悔礼拜，
十万个大头再次圆满。

忏悔时又发现自己的毛病，
他总会下意识地寻找借口，
疑窦生起时，心中必然伴随
"这样的怀疑也合情合理"。

这才是根深蒂固的障碍，
真正的信仰不需要任何理由。
疑心之毒本质是发于自身，
放下一切借口才能真心忏悔。
于是他常常在梦里也会哭诉，
终于生起了真正的忏悔之心。

也因为上一番得罪了住持，
他在方圆百里乞不到食物。
所有人见到他都吐口唾沫，
骂一声"疯狗你污辱圣尊"。
他只有偷一点蔬菜充饥，
变得面黄肌瘦没有了人形。

这一天遇到了一个女丐，
蓬头垢面一身褴褛。
他以为是奶格玛扑上前去，
跪倒在地上叫声师尊。
没想到那女丐也这样叫他，
原来是寺院里相遇的女子。

学戒女自打说出了秘密，
也被那住持赶出了庙门。
诸多的信众都骂她妖精，
无人敢收留她只好行乞。
两个难中人惺惺相惜，
哭自家身世如此艰难。
这世上难道没有天理，

为何好人走投无路恶人横行？
哭一阵两人结伴前行，
到一处山洼中开始修行。
那女丐常去村中乞讨，
分一半供养胜乐郎修行。
胜乐郎常祈请奶格玛加持，
一遍遍忏悔一遍遍祈请。

奶格玛观因缘又到了时候，
便在山洼上空显出幻身。
这一次没有设计考验的剧情，
因为那信心也需要步步增盛。
怀疑之毒本质是心气脉结，
可以借助法门逐步清洗。
行者只要具备了基础的信心，
可以先入门再慢慢熏修。
待得在实修中产生了体悟，
信心的火苗自然会旺盛。
否则一次次考验一次次失败，
空耗时间会虚度光阴。
这其中尺度拿捏非常重要，
火候只有那证悟者才能把控。
胜乐郎见到半空中的奶格玛，
他惊喜中连连大叫师尊。
说弟子知罪了没生退心，
连日来都在不停忏悔和祈请。

这次相见，他们又有了一段对话，

他们一问一答，斩钉截铁——
"要是我让你跳崖……"
"我能碎骨粉身！"
"要是我让你娶我……"
"我身供养不生疑心！"
"要是我取你性命……"
"供恩师随时取用！"
"我要你出离……"
"我从此不涉红尘！"
奶格玛于是粲然而笑，
先进行冥想授权，
并强调在观想上多多用心。
有时候为信仰去死不难，
难的是一辈子信受奉行，
大的方面就像一个决定，
靠情绪的激昂也能成行，
但细微处需慢慢打磨习气，
一言一行都要密密而缝。

信心不是狂热的情绪，
也不是言语激烈慷慨激昂，
它有一种冷静的坚韧，
它像春天的阳光一样绵长。

真正的师尊会像太阳，
在最合适的时间照亮天空。
他出现的时候星星就会隐没，
再看身边已没有疑惑。

有些是宿命的缘分一见倾心，
有些是师尊的功德摄受心魂。
无论是哪种情况，
都坦然放松一切随缘。
太阳出来乌云会自然消散，
在实修过程里逐步升华灵魂。

当真正地依止恩师，
会慢慢生起不共的净信。
哪怕恩师屡次示现不如法，
哪怕恩师挑战自己的观念，
哪怕恩师表现出懦弱与胆小，
都不会动摇对恩师的信心，
那命中的三昧耶誓约就已生成，
便是进入地狱也随了师尊。
到达这一步需要时间，
也需要师徒之间的因缘，
更需要恩师的内证功德，
以及弟子的福报和资粮。
长时间地体验与感悟，
长时间地熏染和磁化，
信心便像雨后的春笋，
总有一天会破土而出，
到了那个时候，
你便沐浴在阳光之中。
这是一种生命的直感，
超越了所有的概念言说。

第 52 曲　情话

我安住于明空之境，
再约来胜乐郎进行交流，
想让他谈谈当初的故事，
以及那时的种种心情。
胜乐郎淡然一笑点头应允，
如洒春风般敞开了心胸——

"我进入那座寺庙后不久，
就认识了那个学戒的女子。
她面容清秀，温婉热情，
来这寺院学习戒行。
她说，她对我很有信心，
信心大过了对寺院住持。
那时，她常常来找我，
向我请教经上的问题。
但我看得出，她醉翁之意不在酒，
无论我回答得如何精妙，
她总是心不在焉。

"有时，她会给我送些水果，
有时，她会帮我缝缝补补。
我不望她时，她总会盯着我，
我一望她，她又会躲闪。

我明显地感到她的眼睛里
潜伏着一座火山。

"最初的时候，我并不在意。
我已曾经沧海了，
除却巫山不是云，
我相信再炽热的火山，
也不能把我点燃；
再浓烈的情感，
也不能将我融化。

"虽然我已离开华曼，
但她仍占据着我心的最高点。
我尝过了世上最刻骨的爱情，
寻常女子，又怎能入眼？
可是，渐渐地，我变了。
她不来时，我会期待，
会猜测，会神不守舍。
我会竖起耳朵聆听，
我会透过窗户张望，
我再也静不下心了。
我观修时，她是半路杀出的程咬金，
总是赶走我的本尊取而代之。
甚至有时候，会响起一个声音——
'胜乐郎，去点燃那座火山！
别怕！你需要，她也需要。'

"这种现象令我烦恼。

我陷入强烈的纠结之中。
我并不是很爱她，
比起对华曼，简直是天壤之别。
我知道，这是我男人的虚荣，
是我的贪婪，我的寂寞。

"我贪图她对我的爱，
但我真不觉得刻骨铭心。
我不会去关心呵护她，
也懒得去打探她的内心。

"纠结了很久后，我终于做出了决定：
离开这寺庙，
离开她的世界。
让她消失在我的世界，
也让我的牵挂融入风里。

"我知道，对于一个合格的行者，
越是贪图什么就越要破除什么，
要把所有的执着都扫光才行。
做出决定之后，
执行起来却困难重重。
我仍是纠结，仍是犹豫，
我舍不得放下又不想继续，
那些被欲望牵引的念头总是
此起彼伏，生生灭灭。
在经历了很多天的自我挣扎后，
终于在一个月朗星稀的夜晚，

我举起慧剑斩断了情丝。

"纠结的脚步走出庙门，
仿佛背负着千斤的重担。
身后有种巨大的吸力，
时时想把我拽回庙中。
我咬着牙拖着腿头也不回，
直到抬起沉重的膝盖，
迈出了那个厚厚的门槛。
看着空中的朗朗明月，
我长长地呼出一口气。"

我叹口气说："我能理解，
这本是人间常有的情景。"
我还想听听那女子的感受，
这便是作家常有的惯性。
于是我发心光勾来学戒女，
净境中响起她的声音——

"从看到胜乐郎的第一眼起，
我就知道自己再也不会自由了。
他身上有种神奇的魔力，
把我的心牢牢地吸引。
我甚至看到他都会潮湿，
这也让我惊讶万分。
我是个知道羞耻的女子，
并不是一个天生的荡妇。

"我不由自主地走近他,
自愿地为他做任何事情。
我做事时也无法专注,
无时不在听着他的呼吸,
无时不在想着他的身影,
甚至猜想着他的心情。
他定然也觉出了这种能量,
我看到他有些不自在了,
我甚至能感觉到他有些脸红,
你可以将这理解为女子的直觉。
但他依然正襟危坐,强作镇定,
继续着他的讲解。

"我对那讲解其实没有兴趣,
我也不想弄懂他讲的内容。
我甚至期待他扑向我,
把我点燃成搅天的大火。
但他从来没有这么做。
我知道他能感觉到我的需要,
他也似乎会时时动心,
而他却目不斜视,
也许是在克制着自己的冲动。
他是个修行人,
不可能越过那雷池一步。
我也有女子天生的矜持。
谁都不愿走出第一步。

"即使天天相见,面对面还要想念。

那时的梦里，我常常还会梦到他，
他俊朗的面孔，炯炯的目光，
他磁性的声音，还有他有些羞涩的笑。
它们总能轻易打开我的心，
裸露出我全部的忧伤、
压抑和难言的痛苦。

"我陷入相思而不得的痛苦，
好在我可以天天见到他。
有他，我的心就是踏实的，
我的心中时时荡漾着春情。

"我原以为可以一直这样，
直到有一天他不辞而别。
看着那空空的房子，
我顿时觉得末日降临。
好一个狠心的男人啊，
就像那西风，
带走了一切，唯独留下了悲伤。
就像那春风不解风情，
我翻遍那熟悉的房间，
也没有发现离别的赠言。
我不甘心，我真不甘心。
我一遍遍追问缘分是什么，
是还未开始就已结束？
是花朵将要怒放时的强力折断？
还是美妙曲子高潮处的戛然而止？
我的灵魂有烈焰在烤熏，

我感到心被坠上了巨石，
我被拉入无边的地狱。

"一切都像一场春梦，
梦醒之后毫无痕迹。
一切都像没发生过，
但我的心怎如此疼痛？

"自古女子多痴情，
自古男子多负心。
狠心的冤家啊，
你可知你的不辞而别，
带走了我的全部光明。"

第十八乐章

胜乐郎的寻觅并非一帆风顺，那疑心、妄念、怠惰，时不时便悄悄袭来，惹出许多烦恼。更何况，他的心中始终牵挂着一个女子，甚至连他的梦，也被她全部占据。梦总是会泄露心的秘密，暴露心的渴望与恐惧，那五力士的梦，也一定异常精彩……

第 53 曲　生命之火

胜乐郎是一个合格的灯泡，
只要接通合适的电流，
那心灵的灯泡就会发光。
电流是清净传承的加持能量，
它源于智慧女神的智慧大海。
当它与我的文字相遇，
文字便有了活泼泼的生命。
瞧呀，它四射的灵光，
让所有文字都黯然失色。

那个晚上，月色融融，
奶格玛传了他拙火瑜伽，
那是一种特殊的修持，
你要屏住呼吸观想脐下之火，
便能启动生命的能量。
故先要燃起那空性的烛苗，
让它燎原成智慧的大火。
你的胸腹如火红的炉膛。
那炉膛大如须弥山王，
它头抵梵天额，脚踩地狱门。
那炉膛盈满整个法界，
它无处不在一片光明。

你会看到有火星从脐间迸出，
它扁平如新月也像狐毛弯针。
它的体性当然是火大，
那是一切精华中的精华。
它灼热向上有勃勃生机，
有着吞噬一切的野心。
虽然它的不安分与生俱来，
但也如梦如幻了无自性。

胜乐郎接受了奶格玛的教诲，
他隐居静处开始了苦修，
后来，他告诉了我他的体悟。
听，他那欣喜的声音，
已穿越了历史的天空，
他那沧桑而悠远的声音，
有一种流星般的质感——

"我按着师尊的教诲进行观修，
渐渐产生了暖乐和明空。
我的光明灯座就在脐下三寸，
它安乐明亮，像一根狐毛。
一天，那狐毛火蠢蠢欲动，
二天，紧接着，它开始了跳跃。
它粲然明亮像精灵在舞蹈。
它像神秘的舌头，
舔着我的中脉生出热浪阵阵。
那舒服的觉受让我好个陶醉，
它也越发开始兴奋，

就像麦苗疯狂地拔节，
一个刹那就蹿出了寸许。

"于是我忆念它温暖的模样，
不舍昼夜安住于明空。
有时，它明亮的身影也会模糊，
像玩乏后瞌睡的孩子。
我就用意念给它鼓励，
向它发出深情的呼唤。
顿时，我看到它又来了精神，
摇身一变成为一盏油灯，
并向我挤着它调皮的眼睛。

"它有着善变的脾性，
我已学会了如何应对：
昏沉了，就睁只眼闭只眼让它上蹿下跳；
散乱了，就音高八度'呸'它一声，
警告它温顺些再乖巧些。
为了达成乐明无念，
证得无分别的智慧，
我在大空中守定平常之心。

"瞧呀，我眉间的宫殿里，
有一根红彤彤的能量管道，
那豌豆粗的脉管内，
驻扎着一个能量之王，
它大如芥子闪耀着白光，
像暗夜中刺目的探照灯。

当我专心致志一心不乱时，
就能感到它赐予的安乐，
它以电的速度将安乐遍布周身。
我用火热的智慧守持烛苗，
在平常心中安住禅定。
我要让那暖暖的感觉充盈，
让我身心的每一个毛孔，
也能共用那火孩儿的热情。
我只要坚守永不放弃，
那慧火就会在生命中燃起。

"雪漠，你也可以试试，
你其实是另一个我，
我们相遇在历史的暗夜，
光明心能生出光明境。
瞧，你的眉头总是太紧，
我知道你在悲众生之苦，
只是众生的苦各自有因，
你不要老是苦大仇深。
那苦就是甜，甜也是一场空。
打开你的眉，
打开你心灵的窗，或者
干脆走出那片绿荫地，
来，跟着我接受来自太阳的光明。

"别忘了你也是智慧女神，
你持心于脐下三指处的火苗，
持气如风匣在鼓动那火力。

瞧那智慧之火初明的灯烛，
于刹那之间腾起了火焰。
那火焰一路狂欢不可阻挡，
已将胜利的旗帜插满脐轮，
霎时，你被一股暖意击中了，
那煦煦然的感觉好个沉醉，
你忘了天地也没了自己。

"瞧啊，你脐轮的生命火多么旺盛，
那六十四脉内火势冲天。
你看到那不安分的顽皮火神，
又引燃了你的心轮。
在心轮处坚固了自己的地盘后，
它又趁热打铁点燃了喉轮，
它沿着中脉，火蛇般继续窜行，
最终将眉轮也一举攻破。
但它仍不消停，
仍在你的世界攻城略地。
终于成燎原之势。
瞧这顽劣小儿，已成常胜将军。
它如伞顶一样摇曳弯曲，
将它的喽啰喷向四处。
刹那间，火光冲天，火气腾腾。
火神上蹿下跳，忽而顶轮，忽而肛门，
它再窜至肩膀，而后是臂肘，
在你的旮旮旯旯里撒满它的火种，
使七万二脉道中火光四射。
对于每个脉轮，你要像攻克堡垒那样，

逐个解决不可遗漏。
瞧，你的心轮下方的领地
已成了一个火红的炉膛。
调用起你全部的注意力吧，
别忘了脐下赤色的狐毛，
它多像天女袅袅摇曳的杨柳腰肢。
此刻，你是否感受到那蠕蠕的热触？
很好，我的才子，
就是这样，你是否尝到了暖乐？

"但你不要执实，它色形皆空，
你就由了它撒个欢儿吧。
若是昏沉，你不妨加大火力，
别怕那难忍的燥热，
其实它也是一种虚幻。
你体内火生出了体外火，
它们相映成炽融为一体。
若是你体乏精衰，
就安住于根本之火。
若是你久久修习却无灵热，
就专门观修那脐轮之火。
只是你别忘了拙的本义，
要脚踏实地狠下功夫。

"若清除障碍，就要向逆缘吐气，
你喷出火形的铁钩，
将它们的身体钩入自己的胸中，
你看到一切猛虎不过是纸做的道具，

它们一进入你的炉膛，
就刹那成灰了。
你要回向祈祷超度它们的魂灵，
在无分别的智慧中生起悲悯。

"瞧，你的身体正无限地膨胀，
四肢也延伸到没有穷尽。
你脐轮的火生起了防护之网，
你专注那根本火随缘入定。
如果只有暖不生乐就要勤加修习，
用猛厉火观那心脐二轮。

"那脐间脉的火烧呀烧呀，
足底轮微细脉火气熏熏。
它们一跃而上到达心间八脉，
它们随心所欲，肆无忌惮，
你的中脉好像芭蕉，
烈火轰雷在里面窜行。"

第 54 曲　观修

胜乐郎苦修初期无明显效验，
他心中曾生起怀疑之念。
修行不像跑步可以计数，
跑了多远一目了然，
修行是很主观的事情，
尤其是在初期觉受不明，
一切事物都模模糊糊，
忽好忽坏，若有若无。

师尊功德无碍神通亦无碍，
事业无碍语言亦无碍，
那惊天的智慧更是无碍，
这些胜乐郎都有亲身体会。
但那疑心仍像藏在心底的小鬼，
用尽万种手段都杀不干净。
它们时不时就会跳出来说三道四，
不管不顾地放肆叫嚣，
飞扬跋扈得好像自己才最有智慧，
别人都是傻子和骗子。
其实胜乐郎怀疑的只是自己，
因为自己不像师尊待人赤诚。
还因为自己的虚荣以及弄虚作假，
他总是揣测他人也有同样的毛病。

而此刻，传承的慧光在心中照耀，
胜乐郎终于看清了怀疑的面目。
那怀疑之树便像断了树根，
渐渐地树叶树枝树干依次枯萎，
从此便不会再被疑心干扰修行。
此过程或长或短因人而异，
上根之人可以瞬间达成，
中根下根需要多点时间，
需要多多安住多多祈请。

其实不论胜乐郎是否怀疑，
他的命运都没有选择。
他仿佛被扔进温箱的老鼠，
每一个步骤都是师尊的设计。
甚至包括那些个心念，
都是必须体验的剧情。

只有懂了众生的痛苦，
只有懂了众生的愚痴，
再把五毒都清洗干净，
修行的过程才会圆满。
必须经过心灵的火焰山，
蹚过灵魂的无妄海，
才能得到真正的光明。

胜乐郎渐渐生起拙火，
火中出现种种景象。

先是出现本尊，
他们身上闪着晶莹的光芒。
接着本尊欢喜而动，
其身形像是在跳舞。
手中拿着弯刀和头颅，
身上披挂珠宝和璎珞。

那火苗渐渐增大，
舞蹈的节奏也逐步加快。
渐渐身形化为一缕幻影，
卷起阵阵风声。
风助火燃身上越发炽热，
胜乐郎把那热量引向顶轮。

胜乐郎再看那心轮处，
正在燃烧，
红色的火苗渐渐变小，
最后细如密密的狐毛。
那狐毛升腾好个瘙痒，
沿中脉上蹿带着热能。

中脉仿佛烧红的铁管，
五轮都有燃烧的火苗。
那红白生命能量纠缠跳跃，
沿着中脉上下追逐。
身上产生无边的大乐，
大乐里现出无执的光明。

忽一阵热量爆发，
裹着红白生命能量的暖乐，
沁入全身的毛孔。
感觉身心都泡入温泉，
暖融融坦荡荡好个舒服。
舒服中不丢警觉，
警觉里又不失明空。
坦然放松仍知当下之境，
无须去刻意执着。

渐渐地，他的身边全是大火，
整个世界火光熏熏，
火的平原，火的房屋，
火的高山，火的海洋，
大火持续蔓延，
直到过去未来十方三界。

渐渐地，火小了。
它从天边收回关房，
再从关房收入毛孔，
身体内外一片空明。

若是身心的状态极好，
胜乐郎的安住和观修就会很好。
而当昏沉散乱懈怠袭来，
那所有的对治方法都会失效。
甚至，他站起来走动，
但是一坐下，他的双眼就会黏合。

有时他只想躺下睡觉，
心中更是有万马奔腾。
觉得头颅有千斤之重，
而所缘境早已消散不见。
他强打精神继续观修，
有时没有图像他仅仅持咒。
无奈咒语也成了呓语。
他有些失魂落魄了。
他往床上一躺，双眼一闭。
他终于妥协了——
"好个舒服！
待我睡醒这一觉，
用饱满的精力再行观修。"

一眨眼，就是一炷香的工夫。
他激灵着醒来，他懊恼万分。
大脑还是昏沉，肢体还是疲惫。
他强迫自己升起思维，
启动一个一个细胞。
这很像城市的夜景，
一座座高楼依次亮灯。

他再次开始虔诚祈请，
他把自己观为师尊。
去感受那法界的光波，
像是手机在搜寻信号。
他把心灵融入虚空，

从虚空看自己好个渺小。
又从虚空中生出大力，
一晕晕光波加持自己。

经过多次这样的激战，
他终于恢复了清明。
他再次为妄念感到羞耻，
还懊悔不敌睡魔的袭扰。
接着他上座入定开始观修，
他不再为自己找任何借口。
渐渐又出现了暖乐，
他在一步步接近成就。

观修是一种力量的相应，
精神好时气力很足。
若是没有相应的加持，
就像三岁幼童去舞铁锤。

若想保持很好的观修力，
便需要相应之后的训练。
当持之以恒毫不松懈，
每日勤加训练不找借口。

胜乐郎的关房在僻静的山窝，
这里有一个废弃的村落。
村落中的百姓多因战火丧生，
其余的都被敌国掳走。

那战争的痕迹无处不在，
村落里充满了残垣断壁。
烧焦的泥墙泛着乌黑，
那院子里还有斑斑血迹。
每到晚上阴风阵阵，
风声里掺杂着呜咽的声音，
时时传来可怕的惨叫。

胜乐郎选了干净的房子，
那房子有半圆的弧顶。
看起来是一处祠堂，
或是村中的寺院。
它很小，宛如斗室，
它没有围墙也没有院子，
一个堂屋里放着坐垫和香炉，
侧壁门后有一个房间。

胜乐郎睡觉的时候，
常常会闻到阵阵燃香。
那香炉已经熄灭多日，
那味道却一直在空气中飘荡。
香味中仿佛还带有一股能量，
它从鼻孔进入他的五脏，
像水蒸气氤氲。
那雾气滋养了他的每个细胞，
全身上下仿佛泡入温泉，
暖洋洋软绵绵好个舒坦。

这一天的观修十分疲劳，
在这香气中他很快入睡。
闭上眼睛颅内仍在哗闪光明。
他又想起了华曼公主，
还有远方的父母。
往事仿佛流动的画面，
在内心深处一幅幅浮现。
这些念头在变化，
像是流动的幻灯片，
他心无所住不去干预，
任由它们自然地放映。

原来自己还有如此多的念头，
白天的明空掩盖了这些。
念头仿佛藏在角落的蟑螂，
一到晚上便四处蔓延。
初时还能察觉这些念头，
渐渐变得意识模糊。
后来他一旦进入梦境，
诸念头就会变成梦境。
在梦境里胜乐郎总是无法觉知，
无论那梦里的剧情多么荒谬。
很多时候他总是忘了祈请，
总是随着剧情身不由己地浮沉。

他的梦总是千奇百怪。
有时候恐怖至极，
他总在一身冷汗中惊醒；

有时又喜悦无比，
花正开，风正清；
有时又会突然逆转，
或是在毫不关联的事情中纠缠，
他就会在满腔怅然中醒来。

醒来后总是忘了自己身在何处，
想起梦中的一切，他才不再迷惑。
原来梦中的他并不知自己在做梦，
他忘记了祈请师尊，忘了一切如梦，
他这才知道，他的前路仍是茫茫。

第 55 曲　惊梦

恍然之间我成了奶格玛，
我穿越历史穿越空间，
既体验着觉悟后的坦然，
也享受着洞悉世相的空明。
我还时常潜入五力士的梦境，
在那里植入一些信息，
为他们种下觉悟的种子——

一、幻化郎的梦境

从一开始，你就在奔跑。
起初，你的跑只是跑，
后来，竟风驰电掣般飞了起来。
你当然在躲避天帝的追杀，
那杀手恐怖而狰狞，好个可怕！
他像影子一样，紧跟着你。
由于另类信息场的突然干扰，
你的零磁空间已失去效用。
但命定的追杀，早赋予你
老鼠的机警和羚羊的速度。
哪怕沉睡，灵敏的觉性也在醒着。
所以，即使眯上了瞌睡的眼，
你也一样能捕捉空气中的异常。

此刻，当你突然睁开双眼，
一道闪电霎时就自天而降。
不用思维也没有思辨，
你一跃而起，成为一只脱兔。

像一条被驱赶的野狗，
你惊恐无比慌不择路。
只是前路茫茫后路截断，
那杀手早成为取命的阎罗。
当一棵大树横亘在眼前，
你一个箭步就冲了过去。
你的大脑已停止运转，
你的身手却敏捷如猴。
当你爬上树梢，才看到
杀手已兵临城下虎视眈眈。

虽然你身体高高在上，
但你内心却左右空悬。
继续僵持？你知道那是等死！
纵身跃下？更明白那是找死！
你看到杀手的砍刀寒光四射，
刀尖上的倒刺也唱着欢歌。
你全身的血液顿时轰鸣，
它们叫嚣着冲向你的头顶。
你的注意力全聚集在一起，
那里尽是死亡的气息。
你甚至感到瞳孔也开始收缩，
整个世界陷入一片空白。

"幻化郎，就是它！"

我忍不住大吼一声。

不忍你错过天赐良机，

我穿越时空为你开示。

这雷霆的怒吼如同炸雷，

爆响在你梦境的天空。

顿时你空空荡荡明明了了，

你看到了自己紧紧攥着的那颗心。

你的世界也如梦如幻了不可得，

索命的杀手，蔚蓝的天空，

巍峨的大树，明朗的清风……

在现象上有却又并非实存。

在这种恍惚里，

你睁开了眼。

你的世界仍是漆黑一片，

不管此处何时此地何处，

你的脑中一片空白。

你摇了摇头。

那可怕的噩梦啊终于结束。

但那声狮子吼却滞留在了你的心里，

把你带入了不曾有过的境界，

飘飘然清灵灵无比惬意。

二、威德郎的梦境

我知道你力拔山兮气盖世，

在你庞大的帝国里，
你呼风唤雨无所不能。
你的身边美女如云，
你的座下群臣密集。此刻，
新一场征伐就要启程，届时，
你广袤的疆域会再度扩张，
你空虚的财库会再度充盈，
你缤纷的后宫也会更加多彩，
你千古的功勋会青史留名。
只是你如此沉溺权柄，
我却不能当看戏的观众。
请允许我做你命运的编剧，
来一段雅俗共赏的插曲——

在最宠爱的妃子那里，
你忽然觉得有些无力。
你看到了美人低落的情绪，
那仙姿玉容分明是对你的嘲讽。
她轻微的叹息更是你的惊雷。
整整一夜，你辗转反侧。
梳洗时，在那面铜镜中，
你看到了自己满头的白发，
你的皱纹也深如沟壑，道道惊心。
你惶恐不已。你老了！
你从没想过自己会老，
你还有一个更宏伟的计划呢，
你还想扩疆拓土，雄霸地球呢，
怎么一夜之间，就老了？

从此，群臣阳奉阴违，
你也无心再整治朝风，
曾经的气吞山河，
曾经的豪情万丈，
曾经的凌云壮志，
曾经的生龙活虎，
都不及美人枕边的一声叹息。
当那种力不从心自心底生起，
你才体会到弱者的无力。
真正的功业还没有开启，
英雄的你就已经老去。
臣子们不再恭候你的命令，
最爱的宠妃也与他人串谋。
那些战争的冤魂更接连而来，
它们都带着恐怖的血腥，
向你喊那索命的咒子。

你僵躺在龙榻动弹不得，
你凸起的眼里尽是悲愤。
你忽然发现权力也无常，
所有的事业只是幻影。
在死亡面前一切都会变样，
所有的美好都被无常消融。
那些说过毕生效忠的人，
原来满肚子都是狼心狗肺。
曾经抵死缠绵过的嫔妃，
转眼又和他人眉来眼去。
那言听计从的谦谦储君，

此刻也盼望你早日死去。
你的心中无比悲凉，
你终于明白权力无常江山如幻，
在岁月面前，一切都会变样。
你发现人生仿佛一场戏剧，
而你，只能眼睁睁地看着
一出悲剧在上演。

终于一天，王储与王后串通一气，
将有毒的药汤送到你的床前。
王后的眼中，暗藏着草原狼的光。
你想大声叱骂但已经张不开嘴巴。
你想坐起打翻药碗，
也已经失去力气。
你像一摊烂泥散在床上，
只能任人宰割。

眼看那苦味已径直入鼻，
眼看那精致的碗沿已到嘴边。
你下意识紧了紧嘴唇，想死也不喝，
但你连闭嘴的气力也已丧失。
更可气的是你的下巴居然成了王后的爪牙，
她轻轻一捏，它就向她喜笑颜开。
王后的眼中是蛇蝎一般的狠毒，
王储的脸上是掩饰不住的欢畅。

顿时，你五内俱焚，
那喝下的药汤像沸腾的铁水，

瞬间烧毁了五脏六腑。
那种剧痛中带着腐蚀，
你想喊叫，但你已气若游丝，
在无边的窒息与疼痛中，
你感到自己在堕入深渊，
想要呻吟却没有一点力气。
在一阵又一阵的头晕之中，
你在无尽的黑暗里游荡，
黑洞般的世界吞噬了一切，
只有一双双怨愤的眼
在狞笑，在肉飞眉舞。
它们挥着残缺不全的肢体，
用尖利的骨头刺穿你的龙体。
它们异口同声齐心协力，
喊出"一二三"后，
就将你狠狠丢入沸腾的油锅。
你一阵阵恐慌，
那滚油带来巨大的灼热，
灼热激发了恐惧，
一声惨叫叫断了长夜。
你惊醒了自己也惊吓了美人，
她睁圆了她的大眼睛，
说："陛下是不是做了噩梦？
刚才见您浑身颤抖面孔扭曲，
那汗水把床褥都浸透。
臣妾心疼陛下，
一声声叫您却没有回音。"

你感到一阵酸楚，
过了一会儿才三魂归位。
你看看爱妃，
再看看外面的侍卫，
还有那奢华的宫殿，
以及珠光宝气的一切，
又闭上眼睛一言不发，
陷入了深深的沉思。

三、密集郎的梦境

瞧你一脸馋样如扑食的恶狼，
在美味面前正大快朵颐。
你说，自从进了大牢，
不是发臭的泔水就是发霉的窝头，
不是狱卒的酷刑就是毒虫的撕咬。
你说，在求生不得求死不能的地方，
你不能不随顺因缘——
将嶙峋的傲骨蜕变成柔软的面团，
将鲜明的个性调换为绵软的破布。

也因此，我才看到在美味面前，
你是只摇头摆尾奴性十足的土狗。
你不再桀骜不驯，
也不再高谈阔论。
你的眼里只有狼的贪婪和羊的温顺。
狱卒点头，你连连哈腰；
狱卒前行，你紧紧跟随。

正因为心疼你的遭遇，
我才施法变出了美味，
还将自己乔装为好心的狱卒，
将那美味给予听话的囚犯享用。
只是填饱肚子的你并不知道，
在你虚幻的梦中，我曾真实地来过。

四、欢喜郎的梦境

多少年过去了，
你仍是这般分裂的性格。
一边挥剑砍杀敌人，
一边内心谴责暴力。
一边想出离成佛成祖，
一边又拎着江山社稷。

你的梦始终是鲜红的颜色，
还有一个雾气般缥缈的影子。
她一直附在你耳边声声低语，
奈何你的良知总睡得太死。

如今我来了，你当然看不到我，
可她有五通的眼，她紧跟着我。
我安抚她悲恸的灵魂，
也用证量磁化她满腔的怨气。
于是，你看到了萦绕的夜岚，
也居然还有件彩色的衣裳。
只是痴情种子欢喜郎呀，

那是你爱人的幽魂。
她依依不舍地看着你，
我拍拍她的肩膀。
若兰女粲然而笑，
消失在无边无际的天空。

看到你在月光下形影相吊独自徘徊，
我轻轻呼出了一口清气。
只一口，你便感到了灵魂的清凉，
我再呼一口，那徐徐清风，
便替我扫去了你倾城的孤独。
那清风渐渐沁入你毛孔，
不知不觉中熏染着心灵。
你感到一阵阵莫名的欢喜，
发现自己的生活毫无意义。
你想，就算得到全天下的疆土，
相比此刻的喜悦也犹如泥粪。

你不知人间还有这样的喜悦，
它淡淡的，轻轻的，
来得没有缘由也没有预兆。
无论是天大的事业还是贪欲的快乐，
都无法媲美这漫天的大乐。
你不知这大乐来自何处，
只知道它始于一阵清风。

"这就是修行。"
你的耳边传来那熟悉的声音。

你当然不知我精心的安排。
"若兰!"当你追寻着声音大声呼喊，
也终于唤醒了沉睡多时的自己。
只是你身边没有若兰，
空荡荡的龙床边，
你暗自神伤哑然无语。

在突然惊醒的夜凉里，
你还看到金碧辉煌的宫殿，
一柄冷剑悬挂于墙的中央。
那摆放的物品还是旧时的模样，
到处都是伊人若兰的气息。
尤其那块已褪色的盖头，
已成为此处最抢眼的道具。
想起刚才梦中的喜乐，
又想起那句意味深长的话语。
它们熄灭了你杀戮的火焰，
伴你陷入一阵阵沉思。

五、胜乐郎的梦境

我知道你还爱着华曼，
那个女子对你意义非凡。
即便是白天冥想的时候，
你眼前也会泛出华曼的身影。
你会怀疑自己的恩师，
却从来不曾怀疑尊贵的公主。
冥想的时候，她在眉间，

睡觉的时候，她在心上。
曾经的过往早渗入灵魂，
成为呼吸一般的存在。
但不能够放下又如何出离？
于是，我只好导演另一出戏目——
病愈后的公主爱上了王子，
他不仅有尊崇的地位与权势，
还有英俊的外表渊博的学识。
他精通瑜伽喜修梵行，
有着非同一般的实修证量。

这消息令你五内俱焚痛苦至极，
但你是男人不能声泪俱下。
你将一切痛苦都深埋在心底，
由了那醋意的魔鬼带给你无数内伤。
你知道王子是太阳，你只是星星，
王子是檀香木，而你是白杨树。
在一次次死去活来中，
你明白这是要对治的习气。
你只好观想出一把把刀剑，
无情地捅向自己的心房。
你一边流泪一边挥舞，
在无尽的疼痛中，你砍得好个快意。
终于，你看到那醋意的魔鬼，
在你的心中血肉模糊渐渐死去……

痛定思痛后你决定奋发，
最终你战胜了昔日的劲敌。

它们一个是懒惰一个是睡魔，
这是因爱而生的力量，
也是因妒而生的顽强。
你知道了烦恼有时会转为菩提，
也明白这全凭行者智慧的妙用。
于是，你一遍遍地正念冥想，
一声声祈请菩萨来救苦，
你一定要超过那王子，
你还想解除心中的痛苦。
那痛苦超过了千刀万剐，
才使你生起了勇猛之心。
于是在一遍遍的咒语里，
你终于走出了梦境。
你发现自己并非不能专注，
也并非不能克服懒惰昏沉，
只看那动力的大小，
动力大就能激发灵魂潜能。

随着你修行的突飞猛进，
你终于悟到了爱的真谛——
当你值得一个人爱，
你赶也赶不走你的爱；
当你不值得一个人爱，
你锁也锁不住你的爱。
经过九死一生的心灵挣扎，
你终于走出了那个噩梦。
你知道自己有那么好的恩师，
若是不努力将会空耗一生。

所有的理由都是欺骗，
所有借口都是堕落之因。
做梦的时候也并未用力，
爱情却融化了散漫昏沉，
杂念也成了火中的纸片。
于是你决定扔掉所有的借口，
再也不能欺骗自己，
当发大心生大愿证果今生。

如今你的修行已上了轨道，
就让我再给你甚深的教授。
我的笔只是我智慧的出口，
千年里，这样的出口千变万化，
但我心中的智慧不曾改变——

我的胜乐郎啊，
所谓安乐即是身安心乐，
这是一切修持的地基。
当你生发出安乐，
就能产生三种效益——
当火熔化了白色的阳性能量，
它就会降到脐轮与脐火相遇，
你会听到它"咝咝啦啦"歌唱的声音，
宛如木炭不温不火地燃烧。
而那份暖乐就像春天晒着太阳，
天赐的喜悦会让你忘却一切烦忧。
你会感到从未有过的知足和踏实，
陶醉于专注的境界里再不放逸。

那火孩子渐渐长到拇指大小，
它并不会就此停止。
毕竟向上是它天生的特性。
它一路凯歌，茁壮着自己，
还收摄了心轮、喉轮、顶轮的咒子。
细如马尾的生命能量仍在一点点降流，
它们汇合于猛火中，于乐空中狂欢。
渐渐地，顽劣的红孩儿开始长大，
它引燃了顶间的脉轮，
趁热打铁还连带了头顶的发髻。
自性的生命能量仍在流注，
触到了赤火便与它们融为一体。

你的阴性能量来自母亲，
顽皮的孩子并不甘心，
仿佛突然之间就已长大，
它收起了玩心开始猛烈反攻。
它越攻越怒，越攻越勇，
在空竹管一样的三脉中激烈升腾。
在它持续不断的攻击下，
终于融化了能量犹如奶线，
一丝丝一滴滴涌入脐轮，
并在那里生发出天大的安乐。
那安乐顿时荡向全身，
于是，浑身的毛孔开始集体唱歌，
歌唱着灵魂安乐的旋律！
瞧呀，真的是火光冲天！
只见到处都是火，

随着火焰热能的增强，

能量的效力也大至无比。

它们一起融入根本能量，

最后，分别收摄于阴阳能量。

你的心窝有了个和合而成的宝匣。

上层充满阳界的猛厉之火，

下层充满阴界的阴性能量，

它们二者相合后，你就可以

无我地守持在这定境中。

你不要小看这小小的宝匣，

它体型虽小能为却不小，

它可以替你消除魔障，

你将那些害人之心勾摄后，

置其于宝匣之中，

让它愤怒的火焰焚烧它们，

让它们成为你获取喜乐的柴薪。

就在这种喜乐中，

思维那安乐的体性吧，看看，

让你乐的究竟是那心还是身？

若说是心，去心已去来心未生，

而且现在心也不过是一念念起。

要知道一切自性本空，安乐亦是如此，

它不灭不住不依缘而生。

诸法的真如远离一切戏论，

在光明中观想离戏之心，

长久地忆念你的初心并用心护持，

才是究竟的猛厉火教训。

胜乐郎呀，我的赤子，
你安住于你的脐下，
你的周围尽是熊熊的火堆，
火势弥天势不可挡，
我们有多少个脉轮瓣，
那三角法基处就有多少堆火焰。
因为宝瓶气和幻轮的威力，
火堆左旋右旋爆燃于外。

你还可以一次次地登高，
持了气把自己摔向软处，
更将下体火向上提起，
于脐轮处发热再将它引向私处。

你可在太阳伞下安以坐褥，
并于脐喉间燃起大火，
深入到甚深禅定的境界。
你的体内也是形形色色的火团，
它们大小不一高低随意，
看似有着真实的显现，
逐一观察，却不离真如。
阳火上烧，上火下射，
彼此交织彼此融合，
火光帐幕间火统统化为璎珞。
智慧火层层包围帐幕旋转，
把整个帐幕遮蔽得毫无缝隙。

帐幕下是大火熊熊的地基，
恩师的德像光辉熠熠。
三千大千世界顿时成了火的岩窟。
但你的内心却是清凉的，
你在一片火海中如如不动，
安住于空性的智慧修习禅定。

你于是看到了你的宫殿，
它位于黄色的脐轮，
上面有一个光明的日轮，
还有莲花与月轮，
师尊端坐在上。
他们身如炉中烧红的铁件，
放射出无边的炽热和无量的光明。
你仔细观照火中的情器，
然后再专注于周边的火焰，
聚焦并点燃那些智慧之火。
连一个毛孔都不要放过，
那炽热的火苗就如野兽身上的毛发，
左旋后猛燃高达四指。

那时，你的身体就会化为火，
或者那火完全融入你的身体，
它们亲密无间抱成了团。
最初那火只大若斗室，
逐渐便扩大犹如城池。
它一直蔓延一直膨胀，

就像贪得无厌的怪物。
最终吞吃了四大部洲，
连三千大千世界也光焰熏熏。

胜乐郎呀，你好个幸福，
能在光明境中得此胜法。
看到你于欢喜中开始闭关修持，
奶格玛也露出了微笑，
那笑意好似春天的熏风。
她看到一轮天边的明月，
明月里映出自己的师尊。
师尊的微笑一晕晕荡开，
照亮了大好的这个乾坤。

第十九乐章

那白玉般的女子，怎么也想不到自己会有如此的遭遇。那智者明明指示她去沙漠便能找到师尊，等来的却是一群魔鬼。他们玷污了她的洁白，粉碎了她的高贵，还将她卖入了世间最肮脏的泥坑……

第 56 曲　绝境

奶格玛在教导胜乐郎的间隙，
也会用无碍的智慧观察他人。
这一天她想起了华曼，
想看看这位公主的命运。
于是她勾来公主的神识，
让她发出那灵魂之声——

"我常常想起胜乐郎，
我无法将他从心里连根拔掉。
他救过我，我也救过他，
我们互不相欠，
可我们双双被命运所欠。
我还是不能释怀！

"无数个瞬间里，
我的眼前晃动的
总是他的欲言又止，
还有我的冷若冰霜。
有时候的过去，
其实并不容易过去。
一如有时候的爱，
并不能够爱一样。

"父王安排人把我送出城门，
我与我的影子，形影相吊，
一起走向活死人墓。
回宫的时候，我归心似箭，
为他快马加鞭；
离开的时候，我黯然神伤，
为一场无果而终的爱情。
我知道，这是命运的剧情，
不能轻易更改。

"一路上，我都在祈祷，
既然命运是这样的安排，
我唯有希望能早日得遇师尊。
远远地，我看到一个人影在蹒跚。
看那形神，
定然就是师尊。
我体内一下子注入了力量，
我加快了脚步。可奇怪的是，
我快，他健步如飞；
我慢，他信步而行；
我停，他按兵不动。
他一直都在不远不近处，
与我保持着固定的距离。
不记得走了多久，
我感觉好渴，
我有些疲惫不堪了。
脚下的沙粒开始透过我的鞋子
撕咬我的细皮嫩肉，

它们争先恐后地钻进我的皮肉，
吹起了一个个血泡。
很快，我喝干了身上的水囊。
干粮也所剩无几。
而那身影若即若离好个虚朦，
像沙漠上空的海市蜃楼。
但我认定那必是师尊，
我又咬着牙坚持跟了他很久。

"我边走边喘，我边喘边喊，
我想他定会回应我，
或是停下来等我，
但那身影并不理会我的喊叫，
他只管走着他的路。

"我怀疑自己产生了幻觉。
听说沙漠中有一种幽魂，
它们专门迷惑落单的旅人。
它们会变为美女勾引你，
或是变成魅影迷惑你，
它们会将你带往迷魂潭，
让你去踩颠倒灵魂的迷魂草……

"卢伊巴曾说我是智慧女神化身，
我就虔诚念诵智慧心咒，
没想到咒音一起，那身影顿消。
看到这一幕，
我汗毛直竖，心悸不已，

原来真是沙漠里的鬼魅。
可自己一路上追赶已经迷路，
水囊也已经干瘪空空。
我只剩下仅存的一点干粮，
在这四下都是黄沙的绝境里，
我感到前所未有地无助和惶恐。

"我继续祈请智慧女神显灵。
我想，即使这个世界抛弃了我，
我的师尊也不会抛弃我，
智慧女神也不会抛弃我，
可是这沙漠，被广阔拥抱，
被荒无人烟所笼罩，
它漫无边际，横贯天地。
我先是六神无主一阵慌乱，
不停地祈请祈请再祈请，
希望智慧女神能够显灵，女神
给自己启示下一步行程。
可是沙漠里除了高照的烈日，
一切平静得仿佛死水。
没有任何细微的异常，
没有一丝拂动的风。

"我开始感到焦躁，
烈日的暴晒令我汗流浃背。
干渴的感觉时时袭上心头，
变成一团跳跃的火苗。
世界是死的，而我还活着，

我还要想方设法地活下去。
我得走出去。

"我先找了个背阴的地方稍作休息，
然后细细思量接下来的路。
我想，我要坚定往一个方向走，
我相信路总有尽头，
没有尽头的路，就会有转向的弯。

"这样胡乱思维时，我再次想到了死亡。
我想到了不久前那个陈旧的死亡——
麻风病毒，千疮百孔的躯体，
裸露风中的颌骨与牙齿，
一具黑黢的干尸。
但在那场较量中，我逃脱了。
我是阎罗网中唯一漏网的鱼。
在一个少年的无畏与无我中，
我幸运地诞生出了一个崭新的自己。

"如果此刻真的死去，
我想，我并无遗憾，
只是浪费了这宝贵的人身，
那般若智慧还没有得证。
我的信仰还没有给我救赎，
我叫天天不应叫地地不灵。
卢伊巴虽然授记我是智慧女神化身，
但那授记，此刻是多么苍白无力。

"渴！渴！只有渴！
此刻，我的身体里居住的
不是一颗深爱众生的慈悲心，
而是一条口吐烈火的恶龙。
哦，不，是一群！
它们窜来窜去，群魔乱舞。
它们正奋不顾身地啸卷着，
搅出满天的燥，还有漫天的烟与尘。
它们让天地都变成了火。

"打开水囊放入口中，
明知已没有水，
但我还是贪婪地吸了口潮气，
却不料那潮湿入体也变成火焰，
更加重了干渴的嚣张。
我的喉咙快要干裂，
嘴唇也炸出一个个血口。

"我闭上眼睛真想睡去，
睡着后就感觉不到一切苦痛。
可身下的沙子也带着滚烫，
我仿佛被困进一个火炉。
我不敢让自己的心空下来，
一旦注意力放到眼前，
我想我真的会绝望。
绝望往往意味着放弃，
放弃的后果就是死亡。

"我又想到了胜乐郎，
生活如此古老，
那么久远的往事、久远的人，
却犹如生生世世的重复。
那个少年曾对我一往情深。
他曾给过我一整个春天。
想到他，渴的魔王似乎没那么猖狂了。
此刻，我真后悔，
没向他要一个信物。
当初自己的头簪送给了他，
也不知现在他如何处理。
可曾善加爱护妥善保管？
可曾时时拿出睹物思人？
莫非因我平时总说看破红尘，
遇到这心仪的男子便有缘无分？

"身体好重，头好沉，
我的身上压着一座须弥山，
在这无尽的沉重与窒息中，
我来到另一个世界。
忽然一只怪兽冲了出来，
紧接着，我又看到无数怪兽。
我从来没有见过它们的样子，
我既好奇于它们的形态，
又惧怕于它们的凶恶。
我躲在一棵大树后面谨慎地观察，
突然，两道剑光闪过，
直刺过来——我被发现了。

"怪兽猛然奔向我的方向，
我开始狂奔，东躲西藏。
那巨兽却紧衔着我的影子，奋命追赶。
我感到体力不支跑得越来越慢，
终于，我跑不动了。
终于，它大叫一声把我扑倒在地。

"巨大的恐惧让我双眼一黑，
我看到天上有粒粒星辰。
身上充满了重压带来的窒息，
一时间我恍惚了，不知身在何地。
我像是在两个世界里穿越，
分不清哪个是真哪个是幻。

"我发现自己已经陷入沙中，
沙土让我呼吸困难。
想来，方才的梦境虽然恐怖，
却让我躲过了一劫——
若不是被梦中的怪兽惊醒，
再睡一阵我就会被活埋。
我挣扎着想动一动身体，
立刻感到火辣辣的疼痛。
腿脚的痛夹带一种肿胀，
喉咙的痛像烈火在灼烤，
头更是疼痛欲裂，
还感到一阵阵晕眩。
我全身瘫软，毫无力气。

像被绑在铁架上的牛羊，
只能任由黄沙的屠刀宰割。
我甚至开始思考要不要放弃了——
理智告诉我，只要不放弃，
就可能出现奇迹，
你永远不知道下一秒会发生什么，
一放弃，一切就真的结束了。
然而生命深处有个声音，
却极力地想要让我放弃。
它累了，想要结束一切苦难。
于是两个声音就纠斗不休。
细细想，也很有意思，
这没有结果的纠斗，
却吸引了我所有的注意力，
让我短暂地忘记了肉体的痛苦，
又让我多活了一段时间。
人生真是有趣。
若是我能上升到高空，像局外人那样，
旁观此刻自己心中的挣扎，
或许会更加有趣——
魔鬼用磁性的声音劝道：
'放弃吧，何必再坚持这苦行？'
天使用空灵的声音反驳：
'为何要放弃？你毕竟还没死，
只有心死了，才是真的死去，
心不死，希望就一直存在，
放弃将是你生生世世的耻辱。'
这磁性和空灵的两种声音，

交织成一首响彻天地的协奏曲，
它的名字叫：命运。

"终于，我有些绝望了，
我想，就死在这里吧。
动一下都如此痛苦，
就算出去还是无边的沙漠。
倒不如死去来得舒服。
死吧，死吧！
只有死，能让这苦难一了百了，
也只有死，能让百了简化为一。

"我不再怀抱幻想，
我准备认命了。
随着这个念头的生起，
身体散架了。
它成了一辆破旧的木车，
连接各个部件的榫卯崩裂，
幻化出遍地的支离破碎。

"正在这时，
我又想到了胜乐郎。
当初他在毒龙洲的时候，
定然也历尽了这般苦难。
也许他经历的绝望更大。
那里有无数的毒蛇和毒虫，
他都能挺过恶魔的考验，
我为何不能再努力一下？

等死和找死并无两样，
但动起来还有走出去的希望，
瘫成软泥却绝无生还的可能。
随着这个念头的升起，
一股无形的力量注入了我的身体。
我开始一遍遍给自己打气——
挺直你坚硬的脊骨，
拿出你的勇气，
还有与生俱来的豪情，
反正横竖都是死，
要死就壮烈地死，
要死就无憾地死，
要死就死得其所，
要死就死得轰轰烈烈！

"于是，我努力汇拢自己的意志，
一点点，再一点点，
在沙堆里拼凑着分散的肢体，
重新找回对它们的主导权。
动动手指动动手腕动动臂膀，
再动动腿脚动动腰背动动脖子，
伴随着一阵阵的剧痛，
我像启动着报废的机器。
忍受了一切零件摩擦的噪音后，
我终于牵起自己的身躯。

"我艰难地翻了个身，
仰面躺在沙堆上。

再用手缓缓摸索着布袋，
拿出鸡蛋大小的烤馍。
我把烤馍掰成小碎块，
然后塞进自己的口中。
不料口中已没了唾液，
那馍块仿佛尖利的石子。
它划过火辣辣的口腔，
又划过火辣辣的喉咙。
它划出更多的火辣辣，
一路摩擦出阵阵剧痛。

"脑中的晕眩更甚，
喉咙的火直烧到口腔。
我继续催动心中的力量，
把自己从沙堆里彻底拔出。
然后趴在地上大口喘气，
仿佛一条濒死的老狗。
我用手臂撑起躯干，
再忍着剧痛用双腿站起。
我觉得自己像风暴里的小船，
全身无处不摇晃无时不晕眩。
只要意志稍一松懈便会垮塌，
一旦倒下就再无爬起的可能。

"我分明感觉到死神的蚕食，
那像是地底的一团黑气，
从我的脚底开始往上蔓延，
每到一处就失去一点知觉。

我想等那黑气完全罩了自己，
生命应该就会结束。
原来死亡并没有那么可怕，
只是不知来世会去何处。
想到来世又想到修行，
我仍想作最后的努力。
我强忍着全身的剧痛，
抬头看看天上的星星。
我分辨出北极星的所在，
便朝那个方向竭尽全力地迈出脚步。

"谁知，一个趔趄，
我又倒下了。
我已没有了一点力气，
我只有一息尚存。
我的体内五脏正焚，
饥饿，疲惫，恐惧
织成了遮天的大网。
它们是十足的坏人，
它们只会趁火打劫，
它们一起噬咬着我。
慢慢地，我看到天开始黑了……"

第 57 曲　炼狱

华曼的灵魂诉说仍在继续,
听得奶格玛暗自心惊——

"我好像看到漫天的烟雾,
烟雾里还有一些流萤。
流萤飞啊飞啊四散飘逸,
又聚在一处仿佛油灯。
那灯火不动不摇,
散发着安静的光明。

"灯火里渐渐出现一片湖水,
那湖水好个透亮好个清明。
我开心地跳进湖里,
张开干裂的嘴巴一顿吞咽。
由于那吞咽太过急切,
我被水呛得连连咳嗽。
在剧烈咳嗽带来的震颤中,
我睁开了干涩的眼睛,
一切都是恍恍惚惚,
一切都是虚虚朦朦。

"我看到一队骆驼和几个男人。
他们正蹲在我的周围,

其中一个拿着水袋，
眼神带着司空见惯的冷漠。
我想起自己在沙漠的经历，
才恍然明白，是他们救了我。

“见我醒了，
他们发出粗暴的笑声，
喊着活了活了！
声音里尽是兴奋，
还有一种令我不安的意味。

“我已虚弱至极，我说不了话。
我向他们点了点头，表示我的谢意。
那喂水的男子把我扔上驼背，
每过一会儿便喂些食水。

“我的体力渐渐恢复，
我看到他们在窃窃私语。
他们时不时往我身上瞟几眼，
露出令人厌恶的神色。
这眼神让我充满恐惧，
像是恶狼盯着羔羊。
我想从骆驼上下来离开他们，
却发现自己和货物绑在一起。

“我开始喊叫，
我大声地说着谢谢。
又一遍遍对首领说大哥是好人，

我感谢他们的救命之恩，
我希望他们能解开绳子放了我。

"他们的目光齐刷刷投向我，
那种很不寻常的目光，
刺得我浑身都不舒服。
我更加恐惧了。
首领走过来拍拍我的脸，
笑着说，别做美梦，
你该想想如何报答。
众人又是一阵哄笑。
这笑让空气都变得粗鲁，
还有一种火辣辣的气息，
从他们的鼻孔溢出。
我说我家有很多钱财，
大哥只要拿上信物前去告知，
父亲定然会重重感谢。

"那男人说后面的感谢后面再说，
我们现在就要你好好感谢。
他们再次大笑。
听到他们的笑声，
我毛骨悚然。
那人在奸笑声中贴近了我，
他解开了绳子，
另两人钳子般捏住了我的胳膊，
我连挣扎都不能够。
但我仍在挣扎，我拼命挣扎。

我大喊，我哀求，我向他们许愿，
但他们是一群强盗，一群疯子，
他们是魔鬼。
他们是一群真正的魔鬼。
在魔鬼面前，我的挣扎
是徒劳的，我的眼泪是徒劳的。

"一点点绝望，一点点心碎，
一声声怒吼，直到力尽气衰，
我成了案板上待宰的羔羊。
他们合力扯去我的衣服，
在邪恶的笑声里，一张张扭曲的脸晃动着，
在过路大雁的声声哀鸣中，
种下堕地狱的种子。

"高贵如我，
在撕心裂肺的疼痛里，
从云端跌入谷底。
我已惨不忍睹，我已粉身碎骨。
我的疼痛里是弥天的羞辱。
我的哭声直上云霄，
那声音让老天也闭上眼睛。

"可是对这群邪恶的男人，
我的哭声与挣扎毫无效果，
我是落入狼群的鲜肉。
狼们都张开喷着臭气的嘴，
疯狂享受这美味的大餐。

"我感觉像在泥浆里翻滚，
泥浆中尽是粪便和蛆虫。
更有许多毒蛇和蜈蚣，
它们钻进我的身躯肆意啃咬。
那是一种人间地狱的感觉，
把身体和灵魂都撕成碎片。

"我忘了那是黑夜还是白天，
只记得当时一片灰暗。
周围尽是魔鬼的狞笑，
到处都晃着扭曲的脸。
而我，只想死去。
我想以死结束这邪恶，
这肮脏，这魔鬼的暴行，
这无边的羞辱，
还想与恶魔同归于尽，
可我连死都不能够。
我被五花大绑，我赤身裸体。
我和那些货物一起，
身不由己随了他们前行。
我的私处，只有一小块破布。
他们随时可以揭了它，
让天地悲愤，让日月蒙羞。

"我是如此无力。一个弱女子，
只能在凌辱中残喘。
我已不是人，我成了畜生。

我只是兽们需要的一个器官。
我在一次次凌辱中万念俱灰，
我也变成了行尸走肉。
我问老天为何不让我死去，
哪怕成为沙漠里的枯骨，
至少还有洁白的灵魂。
我的世界已没了太阳，
天地都是永恒的灰暗。
我甚至不愿生起任何念头，
觉得任何念头都沾满污浊。

"驼队终于进了城，
他们把我藏进箱子。
又把箱子抬到了妓院，
从老鸨手里换了几块金币。
我又掉入另一个梦魇。
梦中有惊恐与愤怒，
还有挣扎与反抗，
还有羞耻与绝望，
还有血腥与伤痛，
还有任人摆布的麻木，
还有歇斯底里的癫狂，
还有一张张扭曲的面孔，
还有一次次撞击的肮脏。
我已经忘了自己曾是公主，
我甚至不再诅咒命运。
如果命运能被诅咒的话，
它早已千疮百孔。

"我渐渐习惯了妓院生活,
每天木着脸迎来送往。
他们都唤我冷美人,
我可以陪他们上床,
但我高贵的笑他们却不配拥有。
是的。我是妓女,
我是十足的妓女,
我以最高贵的性做着最低贱的营生。
我的身体是男人们快乐的源泉,
我总在他们的淫笑中尽情扭动,
又在他们的满足中接过肮脏的铜币。
但只有我知道,
我的骨子里,饲养的
仍然是一位公主。
她是我的神,是我
唯一不忍触碰不可亵渎的那一个。

"我不是不懂羞耻,
有时候夜深人静了,
我会想起从前。
从前更是一场大梦,
那梦都远到天边了。
曾经无比厌离红尘的自己,
现在却在欲海中浮沉。
曾经眼里没有任何男人,
现在却夜夜做着新娘。
这是怎样的命运,

又是怎样的一种人间疾苦？

"有泪从眼里晶出！
一滴一滴的，就成了河水，
它们逆流而上，
在我的心中翻滚。

"我又想到那个叫卢伊巴的人，
人们说他是个大成就者。
是他让我再回到沙漠，
还说那里会出现命中的师尊。
如果时光可以倒流，
我定会让父王抓了卢伊巴，
再把他碎尸万段喂了狗。

"妓院的老鸨又来招呼我了，
她脸上擦着厚厚的脂粉。
不自然的一脸白上，
嵌了两片刺眼的猩红，
笑起来有种淫荡的狰狞。
那笑，最初让我很是恶心，
可后来我却渐渐习惯了，
我甚至习惯了，
她大呼小叫着拉住我的胳膊，
又塞到一个脑满肠肥的汉子怀中。
这成了我每天的生活——
从一个男子的怀中，
到另一个男子怀中。

我进入了最恶俗的世界，
每个人都肮脏不堪，
都是道貌岸然的衣冠禽兽，
都是满口污言秽语，
都是人中渣滓。
他们有着相同的追求——
那一点点肉欲之欢。

"妓女们一个个面带媚笑，
腰肢晃成了风中的杨柳。
只要能哄出客人的银两，
使出浑身解数也在所不惜。
但不管此刻有多少甜言蜜语，
她们转过脸就会发出诅咒。
这里没有真善也没有爱，
人们都演绎着欲望的剧情。
他们像脱掉衣服一样，
脱掉了善的伪装，
赤裸裸地贪求欲望。
人性之恶展现得如此淋漓。
我的心早已死如灰烬。

"我已经麻木了，
智慧、爱和解脱，
都像是另一个世界的事情，
我不敢去想。
胜乐郎，更是不可触碰的伤口。
那个少年，远在尘封的岁月里了。

虽然回忆还闪着一丝让我温馨的光，
但随之而来的，是钻心的疼，
于是我总会立刻把它掐断。

"善良的少年，你还记得华曼吗？
然而，我却早已不是你爱过的华曼！
是的，我们分别的时日不算太久，
我也才二十多岁。
但是，我早已历尽沧桑，
我已心如死灰了。

"不过，在这个肮脏恶心的所在，
在这些虚伪而贪婪的人群中，
我却渐渐发现了一个奇怪的存在——
他是个龟奴，
他总是一脸谦卑的微笑。
无论对客人还是对妓女，
都永远不卑不亢地侍候。
连最丑的妓女都可以欺负他，
让他端茶倒水甚至洗脚。
他依旧微笑着奉行，
看不出丝毫的为难做作。
那脚也洗得一丝不苟，
水温舒适动作轻柔。
仿佛那是莫大的荣幸，
是天女赏赐给他的殊荣。

"更奇怪的是他从不变脸，

人前人后同样谦卑。
那谦卑里还有柔和的气息，
仿佛有种异样的质感。
有时大家对他肆意发泄，
或呼来喝去或拳打脚踢。
哪怕是最懦弱的男人，
在这境遇下也会痛苦。
但他依旧微笑着默默承受，
温顺得像一条垂死的老狗。
我觉得他定然是个异人！
否则就是个彻头彻尾的傻子。
但是他的言行又十分得体，
丝毫没有呆傻的迹象。

"这天我遇到了粗暴的客人，
我被折磨得遍体鳞伤。
老鸨让龟奴前来擦药，
帮助我尽快恢复正常。
龟奴的动作极其轻柔，
手上还带着隐隐的能量。
那能量像是一晕晕的光波，
沁入我的灵魂深处。
我感到身心无比自在，
放松里却又明明朗朗。
这是一种前所未有的感觉，
灵魂像雨水洗过的天空。
清透和舒畅包围了我，
甚至有一种愉悦的光晕。

我不知不觉露出笑容，
仿佛融化了万年的坚冰。

"我笑了吗？
我被自己吓了一跳。
快乐早已是久远的背影。
自从来到这人间地狱，
我就把自己变成了石头。
此刻却像回到了母亲怀抱，
我心中又荡起无限的温暖。
我问龟奴叫什么名字，
那龟奴说大家都叫他老狗。
我说我问的是你本名，
那龟奴顿了一下说巴普。

"巴普！我又笑了。
有个国王也叫巴普。
同样的名字，却一个天上一个地下。
我忽然发现自己竟然开起玩笑，
我对自己的行为感到不可思议。
我的心不是死了吗？
死了的心还会开出笑的花？
我清楚地记得那个从云端一坠而下的瞬间，
整个天地都在战栗和愤怒，
整个世界都在哭泣。而此刻，
我居然笑了。

"巴普轻轻叹了一口气，

他说：'我们都是可怜之人。
也许另一个我就是国王，
也许另一个你就是公主。'

"此言如一记晴天霹雳！
他的声音不大，
却足以震撼我。
我情不自禁地颤抖了。
我的大脑一片空白。
我的心脏剧烈地跳动，
仿佛擂动的战鼓。
我号啕大哭，
开始了撕心裂肺的爆发。
巴普手上的力道加强，
手指透出安抚灵魂的清明。
那清明就像亘古的泉水，
能抚平所有灵魂的疼痛。
我的内心慢慢被融化，
我无喜无悲阵阵空明。
自己的苦难仿佛梦中幻境，
我静静观察安住其中。

"巴普的声音再次传来，
他说：'这世上一切都是无常。
有时候灾难是成道的助缘，
要明白世界是道具能调心。
有些人上过了天堂，
也下过了地狱，

经过了冰与火的反复淬炼，
才能开出最美的莲花。
如果执着于纯净，
就会像画里的风景，
虽然美丽但不真实，
仅仅是一种自我陶醉。
如果沉溺于肮脏之执，
又会变得与粪土无异，
灵魂永远得不到救赎，
只能在轮回里沉浮。
只要把最纯净的心，
放进最腐臭的泥里，
让它去体会众生的万象，
苦难就会升华为营养。
再一日日调伏内心的分别，
再一日日对治自身的习气。
就像那吃鱼肠的卢伊巴，
终有一天会证悟究竟智慧。

"'此刻你的心里就十分明白，
所有的过往都如同梦幻。
从前的事情仅仅是记忆，
未来的事情尚未发生。
一个个当下也飞速流逝，
心念无任何容身之地。
那就旁观吧，
旁观世界的无常，
旁观念头的虚幻。

旁观中渐渐心如虚空，
空寂明朗无所挂碍。
这就是世尊的心语，
这就是本有的智慧。
你只需安住这觉性，
再随缘应对世上的万物。
不拒绝也不迎合，
不排斥也不贪恋。
你明明知道该如何选择，
所有的诱惑再无法作乱。
此刻你就证悟了圆满智慧，
此刻你就是智慧主母。
此刻的污泥便是净土，
此刻的轮回也是涅槃。'

"巴普的话语如同甘露，
浇灌在我的心中。
随着那智慧的言语，
他的真心磁化了我。
我仿佛醍醐灌顶，
我的灵魂变得清亮。
我起身跪在巴普面前——
'您就是我的恩师！
我已体会到您开示的境界，
请师尊大发慈悲救度于我。'

"巴普说：'我只是一条老狗，
又怎敢当你的师尊。

不过你若是真有信心，
可否供养出你的眼睛。
我对那美丽的眼睛垂涎已久，
想来那滋味十分美妙。
但我也不会为难于你，
是否供养你自己决定。'

"我想到巴普平日的示现，
又想到他刚才的开示，
此刻还安住于殊胜的体验，
内心便生起坚定的信心，
拿起剪刀就刺向双眼。
却被他抓住了手臂。
他微笑着说：'好个华曼。
你不愧是具缘的弟子，
有了这坚定的信心才能成就。
且留住你那双眼睛，
用它来好好观察人性。
如此才会生起救赎的大愿，
才会度化顽愚的众生。
我且收下你这个弟子，
从此后你我便是师徒。
但切记要低调不可张扬，
外现上不能有任何异常。
你当效仿我借事调心，
安住于真心观察诸境。
再让真心生起妙用，
一点点擦亮内心的莲灯。

等那光明遍布了生命时空，
你便成就了无上正觉。'

"我谨遵师言诺诺连声，
从此跟随巴普暗自修行。
我终于明白了卢伊巴的预言，
进入沙漠我确实遇上了师尊，
那位师尊就是苦难。
苦难真是最大的善知识，
它帮我认识了人间的真相，
让我能从出离中产生真实的慈悲。
感恩命运所有的赐予。"

这便是华曼公主的故事，
奶格玛听后也连连唏嘘。
唏嘘里又生出赞叹，
她发现无论怎样的人生，
都有得到救赎的可能。

第二十乐章

曾经救了她性命的有情郎，这次又救了她的灵魂，胜乐郎以最真挚的爱接纳了华曼的全部。奶格玛也将密集郎救出了囚牢，历此一劫，他会否有所改变？

第 58 曲　重逢

在奶格玛的悉心调教下，
胜乐郎的证境像跨上了骏马。

胜乐郎每天都在观修，
循序渐进中，他断除了便溺不净，
不再对食物有诸多需求，
清净了这些红尘物累，
才能恒住山中勤修梵行。

大山深处人烟稀少难有食物，
胜乐郎只能以拙火为食。
这是一种神奇的瑜伽，
可以用拙火代替饮食。

几个月后，胜乐郎身上的衣物皆破如飞絮，
再也没有布缕衣物足以蔽体。
胜乐郎想到了恩师的教诲，
修炼拙火衣以御寒冷。

他于是在专注中进行冥想，
心中充满无尽的活性。
这时节天地间燃烧着大火，
体内也充满了智慧热能。

那热量融化了心中的雪山，
驱走了人间的无边寒冷。
观慧火进而遍布十方，
宇宙变成了一个火海。

胜乐郎不再有衣食需求，
他还想修神行四方参学。
他按师尊的甚深教诲，
开始修炼那神足之行。
他将那金刚拳贴于腋下，
浅绿色女风神长着双翅，
在两侧架起自己的腋窝。
两脚下各踩浅蓝色的风轮，
那风轮顶上有一个飞幡，
脚踏轮风吹幡真切行走。
再持着柔和瓶气凝视天空，
从此他便以拙火为坐骑，
携带智慧火化成剑刀钺斧，
它们无畏地向作障的违缘砍去，
诸侵皆化为智慧的火焰。

观天地万物皆化为拙火，
像万千根车辐条射向十方，
所有的魔鬼都化为灰烬，
大千世界从此清凉无比。

那智慧火烧尽了各种烦恼，
心澄明洁净好似镜子。

心中生起无尽的喜乐，
却毫不贪着任其来去。

奶格玛授以胜乐郎拙火教授，
如瓶与瓶注水不曾泄漏。
尚有诸密要不便广传，
就流入笔者未来的心中。
胜乐郎善加修习毫无懈怠，
又具足了八大成就和德能。

奶格玛虽赐以无上的教授，
但胜乐郎仍难以契入光明。
他的修行之路仍有障碍，
不能行无为法安住真心。

观因缘奶格玛明白了根源——
胜乐郎曾为华曼舍命求法，
那种情已深入骨髓，
怎是说放下就能放下。
于是她让他去看望华曼，
亲自为这段因缘画上句点。
她还告诉他，
无论面对什么境况，
都要保持好坚固的戒体。

然后奶格玛打开了时空之门，
把胜乐郎送到华曼所在的妓院。
胜乐郎看到心上人已沦为娼妓，

一时如遭五雷轰顶，愣在了当场。

华曼也看到了胜乐郎，
她脸色苍白，大脑也一片空白，
她宛如定住了一样，伫在那里。
许久后，她一声大叫跑回了房间。

她绵软了身子趴在床上，
放声痛哭。
这个名叫上乐的男子
唤醒了她所有的记忆、
悲愤、屈辱以及自尊。

从前的一幕幕竞相涌出——
彼时，他是痴情的少年。
全世界都弃了她，
而他偏偏铤而走险，
为她连命都可以不要。
当所有人都关上窗的时候，
她连一朵花都不敢奢望，
而他偏偏给了她一个花园，
还为她打理呵护，风雨无阻。

此时，她却是地道的妓女。
出卖肉体、尊严，甚至灵魂，
哦，不！她差点就没有了灵魂——
在那沙漠中要命的"玉碎"之后，
她就葬埋了自己的心，

成了一个无心的女子。
她穿梭在陌生男人之间迎来送往，
给他们青春，给他们欢愉，
一次次满足他们欲的饥饿，
直到她遇到生命中的贵人，
那个叫老狗的潜修者，
她才找回灵魂的残片，
一点一点，
如小儿拼积木一样，
重新组装着自己。
而此刻，最不堪的景象
竟被胜乐郎看到了，
过去与当下瞬间接壤，
最美的东西也终于
被彻底地打碎了。

泪水抑制不住地继续奔涌。
此时此刻，此地此景，
它比崩溃更让她感到碎裂之痛，
比耻辱更让她感觉无地自容，
她不再是那高贵的公主了，
她是人尽可夫的妓女。

心中美好的爱情已经破碎，
只剩下遍地不堪的鸡毛。
当初连句告别都来不及对他说，
她以为此生再也见不到他了。
他是她的梦，是她的慰藉，

是她深夜唯一的犒劳。
那就让她做一生的梦好了。
可是，可是，她的梦又一次破碎了。
梦都会破碎，她想，
还有什么，不能碎？

无论那瑜伽的修行多么殊胜，
爱情始终是潜伏的火山，
只要遇到助缘它便会喷发，
能让一切都走了样，
能焚毁整个天地。
她已经没有了力气，
她不再号啕，她开始啜泣，
她压抑着自己，小声地啜泣。

胜乐郎好一会儿才恢复神智，
这突如其来的打击，
让他不知该如何是好了。
这苦命的女子，
为何总是被命运捉弄？
想起她可能有过的遭遇，
他感到又是沧桑又是愤恨。

忽然，他的体内有一股气在运行，
它始于心间，径直而上，
它冲过喉咙，冲向大脑，
最后它凝成了一句话——
"我一定要救她！我要救她！"

他又生出了无畏的勇气，
想把心上人救出苦海。
咚咚咚，他开始敲门。
她一下被惊醒了，
从床上跳起来，
疾步向房门走去。
快到门前，她却停下了脚步。
一颗大大的泪，无声地滚下来。
相见不如怀念。

她有心开门又十分退缩，
她想拒绝又忍不住见面的冲动。
她在门后来回地犹疑，
最后终于作出了决定。
相见不如不见，
现在与当初早已是天差地别。
让彼此心中都保留一份美好，
岂不胜过面对现实的残忍？
隔着万重山一般的门，
她从嘴里挤出几个字：
"你又何必如此？"

胜乐郎说："无上的公主啊，
无论怎样的你都最美丽。
在我眼里，你永远都是圣洁的。
我带你离开这儿吧，
去一个能看夕阳和大海的小岛，

那儿没有纷争，也没有这里的痛苦。"

华曼闻言泪流满面，
她多想说声好，
然后离开这里，跟他远走天涯啊，
可又想到师尊要求保密的因缘。
她咬着嘴唇挤出声音，
那是拒人千里之外的冷漠——
"谢过公子的好意，
我已非当初的公主。
我在这里十分快乐，
这风花雪月的生活充满刺激。
请不要打扰我的快乐和安宁。
如果公子没有其他事情，
便请移驾别的地方。
小女子还要做其他生意。"

言辞虽违心，语气却平静。
她这时已明白自己失态，
遂安住于自己的明空之心。

胜乐郎一阵心痛。
这是一种无奈的痛，难言的痛，
这是生生的切肤之痛。他感到
有无数的蚊虫灰溜溜地落下。
他灰溜溜地离开了那里，
穿越了时空来见师尊。
他问奶格玛真也幻也，

奶格玛笑说："幻也是真，
你还是打消过去的执着，
放下对过去的那份牵心，
精进修习殊胜的教法，
早一日证得光明吧。
至于公主华曼你不用担心，
我已经和巴普进行过沟通，
他本是国王有无量财富，
会赎出公主精进修行。
这一番经历是她生命的财富，
她会彻底窥破那虚幻，
放下造作和对身份的执着。
待得她圆满了修道资粮，
巴普会送她到我座下修行。
那时节你们还会相遇，
她会成为你修行的助缘。
只要你不嫌弃她的遭遇，
她也许会成为你的助缘。"

胜乐郎闻言，心花怒放，
跪拜连连叩谢师尊，
说："我尽形寿等着华曼，
粉身碎骨也不改初心。"

胜乐郎继续前去朝圣。
无论走过万水还是千山，
无论历经繁华还是陨落，
他的心中都持着奶格玛心咒。

心中涌动着爱悦的诗意，
却又不离那澄明之境。
一路上他都在参访游学，
高僧大德也见了好多。
他们多有显赫的名头，弟子无数
或是著作等身，称号繁多，
但他只是想增加自己的见闻，
他甚至不求他们为自己讲解。

他心中只有奶格玛师尊，
已经视她为真理的载体。
其他的成就者即便也是太阳，
那也是别人的太阳。
他的太阳，只有奶格玛。
虽然有人说他是狭隘，
但这是一种不共的净信。
接触的大德越多，
对其他教派的免疫就越强。
胜乐郎就这样一步步走来，
见过无数大德，
但心中从未离开恩师。

有一天，忽然听到一个乞婆叫他，
还说出了他的弱点。
胜乐郎听了汗毛直竖，
眼中的泪花已经充溢。
时时便想号啕大哭，
有种冲动想去亲吻她的鞋子。

他想，她定然是个成就的大师。
但他仍然控制了冲动。
他已是恩师奶格玛的弟子，
不能对其他人下跪。

他向乞婆深深作了一揖，
说："您老定然是智慧佛母，
能否给予我一些指点，
让我尽快得到证悟？"
那乞婆一声冷笑，
让他依止她修行，她才会指点。
他说他已经有过一次依止，
不方便再依止其他人为师。

乞婆很是愤怒，
骂他真是不识抬举。
然后又示现了无边的神通，
以及种种放光的瑞相。
他看到好多成就者都过来朝拜，
求她收下自己为徒。
那乞婆得意洋洋好个自负。

虽然他对那声光的现象
也充满了好奇和向往，
但他依旧不愿依止。
那乞婆便不再理他。
很快，乞婆已成了附近著名的成就者，
身边弟子如云，

而胜乐郎却依旧唱着"奶格玛千诺",
继续安住于对恩师的净信。

直到有一天,
发生了令他目瞪口呆的一幕——
恩师卢伊巴也来依止那乞婆。
卢伊巴大哭着叫乞婆师尊,还说:
"求您收下我这不成器的弟子。"

这一幕让胜乐郎大为惊诧,
一时间乱了心神。
卢伊巴大师看到了他,
却并没有说什么。
此刻那乞婆更是张扬,
她竟然刁难卢伊巴大师,
说他的教法明显有缺陷,
只有信她才能永生。
卢伊巴对她信受奉行,
像个逆来顺受的小媳妇。

那乞婆继续宣讲着自己的教义,
说只要信她便能立刻证果,
还当场示范了神通,
把一个弟子瞬间变成虹光身。
有很多人都来劝胜乐郎,
要他依止那乞婆为师。
那些人中有些是大成就者,
有些是卢伊巴的弟子。

胜乐郎总是婉言谢绝。

乞婆和卢伊巴恩师交替讲课，
他们各自讲解自己的法脉。
卢伊巴有一次在台上演讲，
说一定要苦修打牢基础，
乞婆便在台下公然反对，
抨击卢伊巴的理论狗屁不通。

胜乐郎愤愤不平，再也按捺不住，
当众站起指责乞婆。
他说："就算你是无上的大德，
也应该有基本的礼节。
此刻卢伊巴大师正在上课，
打断别人很不礼貌。
抛开证量不谈，
至少是没有教养。"
整个课堂一片哗然，
胜乐郎成了千夫所指。
人们对他大声谩骂，
还把他推出门外。

随后他眼前一阵发黑，
再睁开眼发现自己躺在床上。
原来刚才只是个梦境，
但梦境也是另一种真实。

他继续祈请着奶格玛，

继续按奶格玛的指示修行，
继续游览沿途的风景。
或许错过了无数的宝藏，
但他守住了一个行者的坚守，
这成为他得大成就的秘密。

第 59 曲　修身

奶格玛传授了胜乐郎教法，
便开始对密集郎进行教调。
那密集郎仍被关在狱中，
承受着各种非人的折磨。
当务之急便是将他救出，
方便此后的各种教化。

奶格玛在路边捡一块石头，
圆溜溜，沉甸甸，坚硬无比。
她对着石头吹了一口气，
那寻常的石头就成了金砖，
放射出金灿灿耀眼的光芒。
她来到官府，
怀揣着金砖，她胸有成竹。
她以密集郎姐姐的身份，
去找官府的负责人。

她的说辞至情至理，感人肺腑——
"密集郎自小神志失常，
他经常胡言乱语招来祸患，
也常常东流西窜不知所往。
近日听说被关在大牢，
家人特意托我向大人求情。

他本是疯子，
恳请大人不要与疯子计较，
大人有大量请多多通融。"
说着，她将金砖奉上。
顿时，那一抹金黄亮了官员的眼，
也点亮了那个偌大的空间。
官员装模作样轻咳几声：
"本官勤政爱民一向清廉。
那密集郎煽动百姓倡导和平，
这是在动摇国家的根本，
本应杀头以儆效尤，
是本官求情留了他一命，
我也知道他有些疯癫。
可他猫颠狗窜到处胡说，
净是些大逆不道的言论，
不罚无以正法纪。
如今罚也罚了打也打了，
本官也不忍为难一个疯子。
只是今后切记管好他的嘴巴，
再胡言乱语国法难容。"
奶格玛连连点头连连称是，
说感谢大人的恩情。
这回定把他关在家中，
不给大人增添麻烦。

密集郎终于获得了自由，
他走在路上恍恍惚惚。
他看到人们没了身体，

只剩下一团五彩的颜色，
白的，黑的，红的，
它们互相交织，掺杂在一起，
世界也像没了实体，
气泡一样，一戳就破。
难道是梦？他有些疑惑。
他看到一个清晰的人形，
再看，却是奶格玛。
他想起了上次的相遇和倾诉，
他很高兴。
她真是一个绝佳的听众啊，
她善解人意，向他微笑，听他倾诉，
她是他的知音。
此刻他正处在热恼之中，
曲高和寡没有知音。
虽然身体因受刑而虚弱，
他的内心早憋成爆裂的火山，
见到奶格玛的当下，
他终于看到了希望的曙光，
他终于找到了宣泄的出口——

"女神，请谛听我之所惑，
多年来有很多问题困扰着我。
你说我的幸福究竟在哪里，
人们觉得越幸福的所在，
我发现其实离幸福越远。
人多的地方烦恼丛生，
有几人能化烦恼为菩提？

"最可怕那些没有信仰的人，
顺着环境随波逐流。
环境变，心也变，一路被摧毁，
摧毁自己也摧毁他人。
信仰的建立是坍塌的前奏，
天堂与地狱一线之隔。
心与神很难达成合一，
在激烈的战争中总是迷失。
有很多的建立实则在摧毁，
我却愿意傻傻地有梦。
一朵朵心花早已枯萎，
一场场春梦早已燃尽，
一粒粒尘灰飞往天空，
我枯萎的生命仍在等候。
真想做一回癫狂的自己，
再回到简单的朴素之中。
我的种种示现也不是我，
一半是天一半是地，
一半是莲座一半是屠刀。
我体味着冷暖乐苦，
仍执拗地守着性情。

"一直忘不了莲座上的约定，
笨拙中寻找生命慰藉，
迷茫中寻觅幸福之路。
过度的敏感放大了人性，
感受到激烈巨大的失重。

暴风雨后我稍事歇息，
歇息后仍旧是窒息的空间。
人们笑我是思想家或疯子，
其实我知道自己是个活死人。
那绵长的忧伤密集地倒塌，
我总喜欢推倒后重建殿堂。
也想躺回神的怀抱，
濒死的心尚有余温。
究竟是什么让我迷失？
又是什么让我愚痴？
谁让我丢失了眼眸的明亮？
洁净的星空中可真有神灵？
他可真会给人世间带来温暖和美好？

"眼前的风景总归是经历，
所有经历都独一无二。
外在问题的根源在于内心，
障碍总对应着内心的缺陷。
痛苦源于心灵的丑陋，
话语越多伤害也越剧。
老虎的背上难长翅膀，
与人争辩时其实无理。
越走捷径路途却越远，
神性超越了种种限制。
我关注生命的内在合一，
外向的建设必伴随着控制。
我需要封闭着让能量提升，
来抵抗环境中的多元冲击。

我已成为环境的牺牲品，
超越环境才能重新定位。
人们都说要往前走啊，
到了哪儿都不要停留。
说是停留了就会下陷，
好像脚下的大地是层薄冰。
虽然经过了不断的遭遇，
但绕上很大一圈又回到原地。
这才发现出发地最为珍贵，
当然旅途中的记忆也值得珍惜。
它们给我启迪让我有领悟，
我一直想明白生活，
也一直想懂得自己。
因为我的心里总有太多冲突——
我呼唤和平心中却充满战争，
我倡导建设心中却总是颠覆。
安乐早已离开我的生命，
触目所及的世界哪儿是家呀！
我找不到回家的路，
尤其在阴雨连绵的日子。
就让草儿一年年疯长吧，
我喜欢看它碧绿的样子。
含苞的过程也许最美，
也许是永恒的错误期许。

"永恒是对心的认知与超越，
一日就是一个时代。
我多想持续开拓或者持续抑制，

心中静静等待下一次发芽。
我知道成长是不断地相遇，
所遇见的便是成长的阶段。
心的投射中没有偶然，
心路没有退还的余地。
无视它便遭受它的撕扯，
每个人都有内在的承诺。

"我总是讨厌那些战争，
一声声呼唤我期待的和平。
我也像乞丐那样到处乱跑，
遇到有缘人便讲一讲故事。
但所有人都说我已疯了，
没人听我无聊的故事。
幸好遇到了有缘的你，
在仲夏之夜款款而来。
如此清凉如此喜悦，
安静的心绪惊不醒夜梦。
美好的感觉无可辜负，
只愿共享煮茗的芬芳，
不去理睬世间的造作。

"愿你的来处成为我的归处，
愿你的心胸无比博大，
愿你盛下我的任性，
愿你见证我命运的奇迹。
有你的日子风轻云淡，
你的笑就是天堂的光辉。

我想感受凤凰涅槃的苦痛与璀璨，
佛光如灯塔，引我见到此刻的你。

"让我们一步步用爱筑路，
必会收获一路的芬芳。
如果事与愿违，
也相信另有安排。
不管风中落红还是雨后落叶，
不管晶莹晨露还是灿烂葵花，
我们都以最美的姿态，
写在当下的相遇里。

"我是红尘中最低的尘埃，
你是世间第一尊菩萨。
用眼泪细数有你的日子，
你的容颜一直在梦里。
单一的思念构建了自我的壁垒……"

奶格玛打断了他的絮叨，
观罢因缘指出根本的症结。
她用神通定住密集郎的思维，
让他在高度专注里学习聆听。
否则密集郎就像扭开的水闸，
滔滔不绝只顾自己倾诉，
永远无暇听别人的话语，
也不可能真正地生起慈悲。

奶格玛说："你的问题是脉结，

虽然你有着很高的智慧，
但你的身上充满了纠结，
身的纠结也影响了心。
这便是空谈无益的结果，
单纯地悟心很难究竟，
真正的智慧还要注重实践，
身心皆修才能真正解脱。

"今天我为你开示修身法要，
你当在日后恒常实践。
只有打开了身体的脉结，
你的心才会真正自由逍遥。

"脉轮亦称为六个幻轮，
它本是生命能量的基地。
要想打开这能量宝库，
有四种方法你需要学习。

"一是祈祷师尊的加持，
祈请师尊点燃智慧之火。
二要清除心灵的障碍，
不要让烦恼障蔽光明。
三要调环境方便生活，
住处要安静无嘈杂之声。
四要守戒律知行合一，
善于调饮食注意营养。

"你若是恒常修拙火瑜伽，

可以驱走寒冷不必穿衣。
这拙火其实没离开自性，
要知道诸法本来平等。

"身究竟本来为智慧之身，
无须精勤修习而自然成就；
脉与心皆为智慧心脉，
那智慧如哑尝味难以言说。"
奶格玛为他点亮了心灯，
让他认知到自己的宝藏。
绝处逢生的密集郎，
在智慧加持下得见本体，
这一次分明是醍醐灌顶，
漫天的乌云瞬间消散。
混沌的内心开了灵窍，
如沉睡二十年一朝苏醒。

他终于见到了真理觉性，
那疯癫习惯也立刻收敛。
本来宿慧当即显发，
打定主意要信受奉行。
他终于遇到了根本恩师，
瓜熟蒂落水到渠成。
他远离闹市去了清静之地，
他开始踏实修行，
不再徒逞口舌之能。

实修中他感到他的太阳冉冉升起，

它光芒万丈，照亮了他的世界。
他心灵的天空无比清明，
那一种透亮清醒而自在，
他看清了自己的每个念头，
它们来来去去，生生灭灭，
像流水，像蚊萤，
编织出无数扭曲的牢笼。
每个念头都指向一种障碍，
贪嗔痴慢悉数包含其中——
他贪婪世界的认可，
他嗔恨那些反对的意见，
他愚痴那些虚幻的念头，
他傲慢于自以为发现了真理。

此刻奶格玛为他重装了智慧程序，
生起了妙用光明历历。
他清晰地看到外界的无常，
他敏锐地觉察到内心的幻化。
他发现无论是外界与自心，
都如流水一般相续并无常。
他认知到心与世界本为一体，
思维也得到了坚固的正见。
他发现那智慧程序极其简朴，
它不是复杂教义也并非玄妙觉受。
只换了个角度重看万物，
就自然具备了诸种智慧。

它无形无相又无处不在，

像一个包罗万象的资料库。
只要你向它发出信息，
就会立刻收到精妙的回馈。

密集郎喜滋滋保任着这份明白，
前几天尚能安住与妙用，
很快就发现习气的乌云，
又重新遮蔽湛蓝的天空。

虽然他道理上明白了觉性，
行为上依旧无法自主。
想到师尊传授的修身之法，
他离开了人群独自修持。
只是他顽固的习气，
如同坚韧的原上草，
春风一吹便会蠢蠢欲动，
它们一次次想要死灰复燃，
又一次次准备卷土重来，
他总想把修行的悟境告知世人。
奶格玛见状示现怒容，
严厉训斥，冰雹般打向弟子——

"修无上瑜伽需要隐秘，
当抛弃一切作秀和卖弄。
权当自己已经死去，
现在你就是那中蕴之身。"

密集郎闻言好个痛苦，

对治习气时裂肺撕心。
奶格玛说："你应当时时祈请，
祈请师尊的加持为你去污。"

密集郎开始专心祈请奶格玛，
他一声一声呼唤她，
他用情至深地呼唤她。
那一刻，她是母亲，她是恋人，
她是他登高的扶梯，是他过河的舟楫。
他希望她能助他净除习气，
救度他早上彼岸。
在祈请中，他常常莫名地感动，
莫名地流泪，莫名地忘了山川与大地，
也忘了自己。渐渐地，
他的身心得到安乐，他不再卖弄，
不再"飞流直下三千尺"。

他开始潜心跟奶格玛学习，
但他总是加上自己的理解。
聪明如他，仿佛转动的轴承，
对待不足会巧言令色。

奶格玛厉声呵斥他的不足，
那不足正是他的薄弱之处。
必须正视并且加以对治，
才能真正净化成修行的法器。

密集郎谨遵师言，

继续于痛苦中对治习气，
他不再作秀也不再逃避。
他老老实实，脚踏实地，
渐渐地生起验相的觉受，
他信心大增更加精进。

他感叹师尊的恩德真是太阳，
照耀着天地孕育了万物。
师尊的恩德也是月亮，
滋养着一个个浮躁的灵魂。
"恩师啊恩师，
我不再以萤火虫的心，
去揣度太阳的光明。
我只管把自己撑大再撑大，
与您融为一体，
生生世世再也不离。
奶格玛千诺，
奶格玛千诺，
奶格玛千诺……"

第二十一乐章

奶格玛点化了幻化郎，这能否使他放下对造化系统的执着？密集郎刚刚取得一些修行进步便一头栽倒在魔王的美人计中；威德郎沉迷于暴力与杀戮，奶格玛怎么才能度化他？还有欢喜郎，他那因疼痛而麻木的心，能否被点亮？

第 60 曲　救赎

幻化郎在老山深处的实验室里，
研究出了各种神奇的功能，
他还编排了另一套程序，
在那套程序里，他俨然就是天帝。

可是他没有信徒和弟子，
没有人势也没有威能，
面对世界，他总是茕茕孑立，
处于极度的惶恐之中。
他像老鼠一样躲避天帝的追杀，
每一天都战战兢兢，如履薄冰，
觉得自己的脑袋随时都可能搬家。

这一天他正在山中，
奶格玛忽然前来造访，
她说她可以解除他的焦虑。
幻化郎打开了山门迎入客人。
奶格玛说找到一个新的秘密，
想在他的实验室里验证，
看它是不是永恒的程序。

幻化郎安住于心灵的明境。
他打开了他的那一个系统，

奶格玛也启动了心灵之钥，
把超越智慧写成了代码，
这一切都靠观想完成，
于无我无执中植入其系统，
她发出了指令，让系统开始运行。

起初，诸程序都不见变化，
山还是山，水还是水，
天堂还是天堂，地狱仍是地狱，
众生沿着各自的命运轨迹，
一切都静如止水，波澜不兴。

忽然，那平静中亮出一个光团，
它诞生于一个人的心里。
随后那光团不断扩张，
逐渐蔓延到周边的群体。
它越来越大，越来越亮，
渐渐超越了原有的程序。
它进入天道进入地狱，
进入畜生道进入修罗道，
它无孔不入无处不往，
所有它去过的地方，
那里的众生心里都有了光团。
无数的光团又连成了一张光网，
光网覆盖了一切，
那六道的系统都成了幻影。

幻化郎惊愕万分，久不能言，

他大张着嘴巴不知所以。
他不知道奶格玛究竟在系统里放了什么，
竟然幻化了整个系统，
众生都变成了光影，
到处都是移动的影子——
影子在工作，影子在行走，
影子在奔跑，影子在吃饭……

他问奶格玛这是什么程序，
奶格玛说这是破执后的超越，
她说，这是一种永恒的智慧，
既能照亮自己又能照亮他人。

如果具备了这种智慧，
天帝和阎王都将无能为力。
众生也会因此而升华，
超越二元对立达成一味。
那时你就是我我就是你，
没有了天堂也没有了地狱。

幻化郎问这程序如何运行，
奶格玛说把它植入人的心中。
如果你对我有信心，
我也可以传递这程序给你。

幻化郎听了惊喜不已，
天帝的那把屠刀就在头上，
它随时都可能掉下来。

为了躲避它，他真是煞费苦心，
他日不能安，夜不能眠，
整天过得提心吊胆，
逃跑成了他的生命常态，
他早已感受不到生活的美好。
如今能有那超越的程序，
这是何等快乐之事。

奶格玛给幻化郎做了授权，
又教给他启动程序的方法。
那方法从观修开始，
从拙火到幻身再到光明。

幻化郎在山洞里依法修行，
时不时就想进那系统验证。
奶格玛关闭了他的系统，
并告诉他，验证之心也是卖弄，
这是信心不足的体现。
她说："你只管观修莫问进程，
一切都会瓜熟蒂落，水到渠成，
过于关注会生起偏执。"

幻化郎对奶格玛生起了信心，
因为只有她能关闭自己的系统。
他开始时时观照自己，
对治自己心中的魔王。
他不再心猿意马，念如飞雪了，
在一日日的渐修中，

他的心像被驯服的野马。

与此同时，密集郎也有了殊胜的觉受，
但他实在忍不住那炫耀的习气，
趁奶格玛不在时偷偷溜出，
跑到闹市里去宣讲心得。
此番他倒没鼓吹和平，
而是大讲修行的超越。
在熙熙攘攘的人群中，
他扯着嗓子大放厥词——
"都快来修行啊，快来修行啊，
这里有无上的智慧和快乐。"
人们知道他是疯子，
也不去理会，就当他是空气，
至多路过时抛去淡漠的一眼。
但是魔王看到了这一幕，
他还看到密集郎身上的光明。
他大惊失色，直冒冷汗，
他愤怒地大吼："这还了得！
这还了得！"他知道，
若是密集郎成就必将普度众生。
那时魔界的力量又会受损。
他派了一个绝色魔女，
打扮一番去见密集郎。
魔女一见密集郎就表达了狂热的仰慕，
她说："您真是人间少见的智者！
您卓尔不群，仙风道骨；
您不同流俗，思想超拔。

小女子想跟随您去修行。"

这一下密集郎乐开了花，
他眉开眼笑，喜不自胜，
他收下了这个美女徒弟，
并开始悉心教导她。

魔女初战告捷，再接再厉，
开始了她的第二步棋。
她开始暗示他，诱惑他，
甚至挑逗他。终于，
密集郎败在了魔性之中。
他们花前月下，卿卿我我；
他们如胶似漆，难舍难分。
那修行的仪轨枯燥无比，
怎比女子的莺声燕语；
那观修的佛像毫无生趣，
怎比眼前人百媚千娇。
这真是天赐的幸福啊，
密集郎沉溺于情爱不再修行，
枕席间的温馨消磨了他的道心，
他不求永恒也不求解脱，
他只要眼前的红粉佳人。

奶格玛明察秋毫，洞若观火，
她看到这一切暗暗着急，
但有着另一份泰然自若。
她置身于事外，冷眼旁观——

她在等待着密集郎自己觉醒。
她知道，情爱是火焰也是海水，
外力很难将其隔断，
人为的干预，只会如抽刀断水。
人生无非是经历，她只能让五个力士
经历他们该经历的，承受他们该承受的。

第 61 曲　武功

好久没有威德郎的消息了,
奶格玛很想知道他的心里
还有哪些奇怪的杂碎,
于是她勾来威德郎的神识,
让他的灵魂自由流淌——

"我崇尚诛杀少谈慈悲,
打小就喜欢战争的游戏,
十五岁就跟随父王出征,
上阵就斩获了十多个头颅。
我总是喜欢阳光下的阴影,
喜欢那些图案的狰狞,
还喜欢青面獠牙的恶魔,
总是在自己的身上文满骷髅。
撒旦是我生命的图腾,
他充满了霸道嚣张和叛逆,
看到他, 我身上的细胞瞬间活跃。

"我眼中的世界肮脏无比,
像是一块被废弃的破布。
世人看起来道貌岸然,
实则大多是无耻卑鄙。
我看透了人性的本质,

所以我只想学习杀度。
残暴的快感令我陶醉，
对待无可救药的灵魂，
最有效的方法，
就是拧断他的脖子，
或是用刀剑送他一程。

"众生的天性并不纯洁，
每个生命都有两种特质：
众神的祝福是善良的旗帜，
恶魔的诅咒是欲望的战鼓。
善与恶同时进入灵魂，
生命就在这冰火间撕扯。
种种欲望使灵魂堕落，
诸多福音想达成救赎，
人性就在挣扎中纠结，
在纠结中挣扎，
想拒绝堕落却又无力超越。

"人性的本质肮脏而贪婪，
想达成超越难于登天。
要是没有向上的牵引，
永远是贪欲践踏道德。
卑鄙的乌云如铜墙铁壁，
总能遮蔽明亮的丽日。

"人类本就是竞争动物，
物竞天择适者生存。

人们与自然竞争与生物竞争，
还要和自己的同类角力。
你可以看看这历史的天空，
血腥常化作遮日的雾霾。
自打有了人类的时候起，
战争的硝烟就从未停息。

"只有在面对邪恶的时候，
人性高尚面才会被激发。
因为这高尚原本存在，
它也是一种天赋的权利。
于是国难时才见忠臣，
于是乱世中才出英雄。
于是才有了污泥中的莲花，
于是才有了背叛中的义士。

"当你面对暴行的时候，
你总是会袒护弱小；
当你面对邪恶的时候，
你才会向往正义；
当你面对恐惧的时候，
你才发现自己的无畏；
当你面对黑暗的时候，
你才会珍惜光明。

"所以我发愿崇尚暴力，
我崇拜恶魔和阎罗王。
我认为那黑暗的存在，

是为了证明光明的合理。
要是没有黑暗作对比，
哪能衬托光明的珍贵？
要是没有邪恶的激发，
人类的高尚又怎能诞生？

"庄子说圣人不死大盗不止，
那大盗正是在衬托圣人。
你们要是选择天帝世尊，
那我就选择恶魔撒旦。
如果这个世上只有恶魔，
它也就失去了存在的意义。
如果这世上只有神佛，
其实等于没有了神佛。

"要是没有救赎的力量，
人类就只是蛆虫和蝼蚁；
要是没有邪恶的迫害，
也无法体现救赎的力量；
要是没有撒旦的存在，
那天帝定然也会死去。
我甘愿做那撒旦的信徒，
但愿你们都选择光明。
也正因为你们总是伪善，
我才更想撕破那虚假的面具。

"这便是我存在的意义。
我要信奉暴力和杀戮，

我要撕破那一张张画皮。
我的天性中充满了大嗔，
我一直在找寻诅咒的秘密。
我咒天咒地，只为拥有一种咒力，
能够随心所欲生杀如意。
我认为只要目的正确，
那手段就可以无所顾忌。

"所以有人骂我是恶魔，
有人说我是撒旦的信徒，
我只要对他们轻蔑地一笑，
他们便缩起脖子如噤声的寒蝉。

"我常常把自己观为魔王，
我恐怖，狰狞，凶恶无比，
有着令人恐惧的形象。
我的身边有妖女无数，
她们有着最媚惑的脸，
也有着最妖娆的身段，
我轻而易举就能撩动欲望。
我也能让百姓战栗。
我兼备了诱惑和暴力，
我能勾起他们的痛苦，
我也能让他们沉溺。
我看着百姓在脚下臣服，
其实也觉得十分无趣。

"有人说最懂佛的其实是魔，

这话一点都没错。
这世上虽然有很多信徒，
但他们只是欲望的奴隶。
那些佛又何尝不是这样？
瞧那穿着洁白衣衫的人们，
何尝不是在跪拜中与他们做着交易？

"我们只是显现形式的不同，
我观想中的魔王也很孤独。
漫山遍野都是魔子魔孙啊，
却没一个能悟入魔的真理。
我很难找到合格的传承者，
我只有一群愚痴的奴隶。

"你不要混淆了魔王和魔鬼，
魔王有王的智慧和气度，
魔鬼仅仅是愚痴的野猪，
拱着无知的獠牙四处乱撞。

"那些自以为炫酷的魔国信徒，
其实也仅仅是喽啰和蚂蚁。
他们怎样蹦跶都处在底层，
只是一次次加重痛苦。
即便我把他们扔给世尊，
依旧难以改变他们的命运。
他们根本没有觉悟的动力，
也不具备真正堕落的勇气。

"是的，堕落也需要勇气。
别以为这是一件容易的事。
你可敢一怒之下拿刀杀人？
你可敢对一切都无所顾忌？
你可敢真正地无恶不作？
你可敢毫不犹豫地杀死自己？
只要这世上还有你怕的东西，
你就不是合格的魔国弟子。
世尊总是说破执破执，
那是他们解脱的原理。
在我这里便是无所畏惧，
这世上再也没有你害怕的东西。

"魔王的工具便是放纵，
是名闻利养是爱恨情仇。
我也可以吸引大众的眼球，
只是没人真正懂我。
大部分人都进不了魔国，
因为他们瞻前顾后，畏首畏尾，
而畏惧会让他们落入地狱，
地狱也是我鄙视的地方。

"其实那孕育万物的道里，
也有毁灭万物的能量。
青草绿了又黄，
众生活了又死。
你看世尊老说的成住坏空，
我的功劳占了一半。

"我愿意做世尊的陪衬，
他的存在其实也衬托着我，
我们就是那黑白的阴阳鱼，
交糅在一起才是真理。
我眼中的魔国便是净土。
我眼中的魔王便是世尊。
他们本来就是一体，
只是示现的形式不同。
佛在，魔就在。
魔在，佛才在。
他们共生共存，
他们也一灭俱灭。

"我真想跟世尊坐下来喝杯茶，
聊一聊我们共同的苦恼。
他是一个和善的胖子，
我是一个凶恶的屠夫。
那画面应该很是有趣，
我们看似水火不容其实心意相通，
我们看似不共戴天其实难舍难分。"

听了威德郎灵魂的表述，
奶格玛发出了微微一笑。
他本性如此，
在娑萨朗他就崇尚武力，
整日吼吼哈哈，舞枪弄棒，
到了人间也仍是那副德行。

这番言语倒是铿锵有力，
那邪恶也仿佛充满正气。
只是正如他所表述，
人性的本质是善恶交织，
既不纯粹是善，
也并非纯粹是恶。
弃恶从善的救赎固然艰难，
撒旦之途又能否节节顺利？

欲望虽然阻挠行者的升华，
良知又何尝没有拉扯堕落？
两极之路其实同样难走啊，
那偏激的心永远得不到安宁。

杀度杀度，
杀是表象度才是本质。
若是没有度化的能力，
单纯的杀业便是地狱的种子。
那时他并非阎王或撒旦，
仅仅是个受刑的囚犯。
别说自己不在乎，
当他的神识被那酷刑凌迟，
滔天的剧痛便无穷无尽。

更何况那与生俱来的使命，
在他的述说中毫无痕迹。
他只陶醉于酷炫的外衣，
难道已完全忘了那神圣的责任？

想到这里奶格玛一声叹息，
怀着最后一线希望，
往他心中投入一颗莲子，
她相信随着因缘的成熟，
他心中一定会长出莲花。

次日威德郎上了战场，
他大喊大叫好个威风。
他像飓风一般横扫千军，
他势如破竹，所向披靡，
能万军之中取上将头颅，
一颗颗脑袋随刀光飞出。

奶格玛摇身一变成为敌将，
她的武功出神入化，难以形容，
她擒住了威德郎转身就跑，
身后的侍卫拼死相追，
只是他们鞭长莫及。

他们一路向西，飞一般远去，
他们的身后尘埃四溅，浓烟滚滚。
行至荒原处，奶格玛才放下了他。
她用各种酷刑折磨他，用语言侮辱他，
她说要为死去的士兵报仇雪恨，
她要让他备受煎熬，生不如死，
她要让他也尝尝自己崇尚的暴力的滋味。
威德郎宁死不屈，一脸从容。

连毛孔渗出的，都是他那一腔英雄气。

见他这样，奶格玛的刑罚越来越重，
渐渐地，威德郎开始萎靡。
一开始他还钢牙铁口，
大喊着有种杀了他，
但后来便有气无力，
意志逐渐松懈。

一天，奶格玛问他可愿求饶，
二天，求饶后便可拜她为师，
学习那绝世的武功建功立业，
再去拯救千万百姓。

这要求正合了威德郎意愿，
他连连磕头说愿意学习。
武功对他有致命的诱惑，
他仿佛是苍蝇闻到了腥气。

奶格玛说："我的武功叫无执，
它只有心法没有招式，
就看你能不能悟到它的精髓，
一切都靠你自己的努力。
你只管在虔诚中祈请本师，
一声一声如向法界发送信号。
如果有了灵感就抬起手臂，
打出那灵感得来的招式。
你心里不要有一丝的机心，

也不要有造作和刻意。
一招一式要流自内心，
在无为中学习这绝世武功。"

威德郎闻言信受奉行，
他虔诚地祈请奶格玛加持。
一开始三招两式断断续续，
那动作也十分难看不成体系。
渐渐地他打得越来越顺利，
竟然有了行云流水的韵味。
再后来，更是酣畅，
他已无须刻意祈请，就能随机万变了，
每遇外缘，他的招式自然而元成。
再后来，他无时无刻不在那种状态中，
没有外缘就安住其中，
遇到外缘便生起妙用，
连对手都感叹他的无懈可击。

奶格玛见威德郎的悟性甚高，
又告诉他武功还有提升的可能。
那就是以现在的功力加上慈悲，
用慈悲之水来淬炼剑的锋利。

但威德郎与慈悲并不相应，
他时时想出去建功立业。
奶格玛阻止了他。
她告诉他——
"你如果只有能力没有慈悲，

那屠杀必然会招来刀子。
你只有用慈悲制成刀鞘，
才能成为真正的天下之主。"

天下之主！威德郎一听热血沸腾，
于是他开始潜心研究慈悲。
慈者，慈爱；悲者，悲悯。
他一日日思维，一日日实践，
渐渐地，他对众生生出了悲心，
那锋利的刀子开始变得越来越钝。

奶格玛观因缘火候已到，
又进一步指出威德郎的毛病——
"你不要总想着当天下霸主，
要把所有的机心与志向统统洗净。
你应当一生追随本师，
为度化众生而尽心尽力。
你若是总有自己的成见，
一辈子都难有无我的大力。"

威德郎因为连续的熏染，
已经对奶格玛生起了信心。
还因为慈悲裹住了刀子，
那柔软的心中生不出暴力。
经过了灵魂的挣扎与清洗，
威德郎终于开始了修行。

第 62 曲　心灯

奶格玛度化了威德郎，
又把目光投向了欢喜郎。
那年轻的国王已完成大业，
统一了周边的所有邻国。
他登上了至尊的宝座，
看着万民敬仰，群臣俯首，
好一派波澜壮阔的山河。
他的心中充满了成就的豪迈，
史书上也说他是雄才大略的千古一帝。

日复一日，年复一年，
终于有一天，他倦了。
他发现他的世界没有对手，
他的周围尽是奴颜婢膝，
在一大片的点头与哈腰声中，
他是最孤独的那一个。
在他的眼里，大好河山不再美丽，
生杀予夺的权柄了无生趣，
连最具诱惑力的美人，
也无法令他的心湖荡起一丝丝涟漪。
若兰女的离去，虽远得像个传说，
却真真切切地带走了他所有的柔情爱意。

他开始觉得索然无味。
他的生命开始空虚，
他找不到活下去的意义。
他每天都在机械性地重复，
繁忙的国事也成了负担。
工作时，他没有一点乐趣；
不工作时，又怕失去这一切。
他怕失去江山，怕失去权势，
更怕失去自己的生命。

有一次，他在训练中突然不敌，
被有力的一击打倒在地。
他简直难以相信。
他开始心虚，他去照镜子——
他饱满的额头有了皱纹，
他犀利的目光开始混浊，
霎时，他惊恐万分，
他无法阻止自己的老去。
他一旦衰老，
就意味着死亡，
死亡就意味着失去一切，
这怎么可以？
左手的权柄，右手的江山，
是他拼了半生的血汗，
岂可病衰老死而撒手？

于是他命人去寻觅仙丹，
广招天下的奇人异士。

他颁发诏书于天下，
谁能让他长生不老，
他愿割让半壁江山。
一个个妖人跃跃欲试，
一个个神棍浑水摸鱼，
他们献出无数的药丸，
他们教他回春的妙法。
但不论如何殚精竭虑，
都难以减缓衰老的速度。
他把那些骗子都杀头问罪，
从此再无人敢轻易应诏。

奶格玛观因缘前来揭榜，
她说："我还记得你我的约定，
我已找到永恒特来告知。"

欢喜郎问什么是永恒，
奶格玛微笑着没有言语。
欢喜郎以前遇到过禅师，
那禅师以对机锋出名，
他因此学会了机锋之术。
他想试试奶格玛的智慧。

他问奶格玛白的是纸，
黑的是字，书在哪里？
奶格玛指着书说书在那里。
欢喜郎又问什么是书，
奶格玛说："书就是心，

天地之心，你我之心，
有心就有书，
无心就无书。"

欢喜郎又问念珠是什么，
奶格玛说念珠是法器。
欢喜郎说法是空性为何有器，
奶格玛发出朗然笑声：
"性空质不空，
随缘有妙用。
妙用便是器，
粒粒为众生。"

奶格玛盯着欢喜郎看了许久，
眼睛里散发出智慧的光波。
欢喜郎被这种内证所加持，
感到前所未有的平静祥和。
在那光波里他忘记了一切，
他甚至不想去找什么永恒。

奶格玛看着欢喜郎的眼睛，
缓缓地说："真正的永恒是真理。
无常是真理的一个方面，
破执后便融入真理。那时，
你的心就与永恒达成共振，
你便得到了永恒。
你要放下心灵的包袱，
放下所有世间的牵挂，

也要放下对永恒的执着。
放下所有的希望与期待，
坦然无忧地安住于明空，
你就会得到真正的清净之乐。"

欢喜郎安住在奶格玛的加持之中，
静心聆听着她智慧的话语。
那话语是另一种加持，
哗啦啦流入欢喜郎的心里。
欢喜郎忽然放声大哭，
他号啕着匍匐到奶格玛脚下。
他大喊："我的师尊，我的师尊，
我将依止您认真修行。"

他想到自己的过往，
那巨大的杀业让他痛不欲生。
此刻的王权也如同梦幻，
他像是观看戏剧的观众。
他的心已经从世界中抽离，
保持了一份独立的清醒。
他放下了眼前的欲望和执着，
才找到这颗安然的真心。

奶格玛叫他保任这明白，
带上它到尘世里去调心。
面对种种辱骂种种诱惑，
直到他的心能如如不动，
那时再传他训练次第，

没有这次第便没有大力。

她说："你当在明白中打牢基础，

然后随我弘法度化众生。"

欢喜郎点燃了心中之烛，

但那火苗还很是微弱，

要是刮来一场邪风，

还是会被那风吹熄。

但这一次总算接上了法缘，

也算是一个好的缘起。

第二十二乐章

胜乐郎与华曼终于相聚，爱的梦想已达成，可已有智慧的他，对她的爱再不似从前，这种大爱，她能否欣然接受？五位力士，虽有着各自的命运考验，但只要放下借口和执着，便不会像帝释天那样满心遗憾。

第 63 曲　升华的爱

胜乐郎证得了空乐智慧，
开始显发了多种神通。
于是奶格玛让他度众，
很快聚拢了很多信徒。
他发现那信徒并无真的信心，
他们不过是想让他示现神通。
在他们看来，那玄妙的神通，
最能代表一个人的证境。

于是胜乐郎示现了神通，
信徒们发出了惊叹的呼声，
开始对胜乐郎产生信心，
可那信心是歪曲的木柄。
他们都为那神通着迷，
都想跟胜乐郎学习神通，
都觉得无相智慧十分乏味，
都认为神通异能才算修行。
他们更希望那神通的出现，
能给自己带来种种便利，
能博取世界的喝彩与认可，
能满足自己的种种虚荣。
胜乐郎见此状十分苦恼，
神通无法改变人的心性。

当人们信心不足，就算你示现神通，
他们也不会对你生起净信，
反而会助长他们的邪见，
障碍他们今后的修行。
胜乐郎懊悔不已，
他后悔自己示现神通，
他陷入了执着弟子的包围。
他讲的无为智慧再也没人谛听，
他们只求他传授神通的法门。

他向奶格玛求救，
奶格玛听了，一声呵斥——
"你犯了大忌。
你以为显神通可以度众，
那只会增加众生的愚痴。
更因为你显露了神异，
会成为统治者眼中之钉。
他们会举起法律之刀，
来斩断你的妖言惑众。
事到如今你无法收拾，
我告诉你一个补救之法。
你回去示现一场大病，
头溃烂脚生疮身体流脓。
你要病到身体发臭，恶心恐怖，
你要大声地呻吟，悲惨地哭泣，
你要忏悔显露神通所遭的恶报，
当一些人离你而去，
你就会明白神通的局限。

那留下来的，不管是傻瓜还是忠犬，
都将是真正的法器。"

胜乐郎依师言示现了病相，
他全身腐臭，令人发呕。
他痛哭流涕，惨叫连连。
千余弟子一哄而散，
只有两个留了下来，
一个是最早的弟子不离不弃，
还有个拾荒儿十分愚痴。
那拾荒儿看起来毫无慧根，
他笨手笨脚，木讷寡言，
他总是把事情搞砸，
之后他又局促不安，缩手缩脚。
奇怪的是，他可以怀疑全世界，
却唯独对上乐师尊保持净信。

胜乐郎见此状哭笑不得，
他开始调教那木讷的弟子。
他让他从简单的事情做起，
劈柴，搬砖，打铁，
还让他持诵最简单的法门，
让五个字于行住坐卧间，永远不离——
"奶格玛千诺！奶格玛千诺！
奶格玛千诺……"

拾荒儿闻言信受奉行，
恒常祈请遂达成了相应。

智慧渐渐熏入他的内心，
将木讷变成慧光中的坚定。
胜乐郎再安排他四处流浪，
要他在诸境中调伏心性，
一旦六根调伏如如不动，
便可在木讷之中生起灵动。
那时自会流淌出万千气象，
虽不识字却能解读经典，
虽一无所能却可觉悟能人。
彼时他便也成了智慧的师尊。

胜乐郎已登上智慧的高山，
他对华曼的爱情已经变样，
仿佛是镜中之花水中之月——
他依旧深爱着华曼公主，
可是这爱里却没有执着。
它比男女之爱更加纯净，
又比众生之爱多一份诗意。

它成了胜乐郎心头的白玉兰，
也是飘荡在虚空中的一抹诗意。
它总是在春风里散发着淡淡的芬芳，
那香气醉了天醉了地，
也时时滋养着胜乐郎的灵魂。
但胜乐郎的心已如如，
不再需要刻意地见面。
若是他想见她，
想过了也就是去过了。

无形无质才是真正的纯粹，
一旦落入行为便会玷污。

他只想呵护她带给他的美好，
并没有一丝占有的欲望。
对他来说，华曼已是另一个自己，
自己也是另一个华曼。
他抚摸着怀中的发簪，
笑一笑抛入汹涌的大海。
他明白看破才是智慧，
智者能做好每个选择。
选择决定了一生的行为，
行为构成了他的人生。

看到胜乐郎发生的变化，
奶格玛感到非常欣喜，
在一次光明的相遇中，
她对笔者说出了她的欣慰——

"胜乐郎是很好的法器，
但还需要在挫折中成长。
庭院里养不出千里马，
苦难是男人最好的经历。
他的宿慧和因缘都很好，
好种子离不开阳光的照耀。

"他本质上虽是个好种子，
刚开始却有机心和怀疑。

因为福报和资粮都足够，
被我点燃的智慧之火，
才能一直燃烧到日出。
很多人没有福报和资粮，
遇到障碍就会退转。
夜里的大火需要燃料，
缺柴火会重陷漆黑。
只要那火烧到了黎明，
他的生命就不会迷失。
命中的太阳只要不落，
一生的成就指日可待。
真正的法器都需要冶炼，
就像矿石要炼去杂质，
再经过千万次的锤打，
然后一刀刀地雕琢。
就算所有的制作完成，
它也仍然只是一个器物。
最后的点睛之笔至关重要，
也是成就的关键秘密，
那便是成就师的开光，
有了那开光器物才有了灵性，
因此才能称得上法器。"

由于胜乐郎的修行成就，
已到了能受用伴侣的境界，
巴普便把华曼交给了奶格玛，
以成全她与胜乐郎的出世间姻缘。
胜乐郎见到华曼，心中并无波浪，

淡然无执像静海无波。
心中虽涌动着空乐的诗意，
却能安住于湛然之境。

华曼心中却有难越的沟堑，
她总悔恨没在最好的年华，
将自己献给至爱胜乐郎。
经历了那泥淖风尘深潭，
她依旧是她却又不再是她，
她的心中感恩与伤感交杂，
不知如何才能让他心欢喜。
脆弱敏感结出了心的疙瘩，
使他们无法始终情意相融。
也许是因为深爱和太在意，
反而时不时惹出丝丝怀疑。
怀疑自己也怀疑心爱之人，
何时方能心无芥蒂肝胆相知？
若她深信胜乐郎的爱不移，
若她能真正接受一切经历，
若她坦然被爱不患得患失，
若她明白无论他如天神还是一介凡人，
他都是她心中永恒的英雄，
她对他的爱没有条件没有期待，
无论怎样他就是最好，
若是……
没有那么多的若是，
若是正是。
尽管那授记不让他们沉于情爱，

但只有达成相知相融不相疑，
那修行和利众的道业才顺利。

奶格玛传以空乐智慧，
借爱的力量摧毁身心障碍。
于净境中观察那欲望本质，
内心保持清明的觉性。
一旦那欲望波涛席卷而来，
要立刻生起警觉观照入空。
欲乐起时与空性无别，
仿佛花香飘散在风中。
湖面上荡起智慧的涟漪。
每个细胞里也燃起爱乐。
爱的大火烧尽了障碍，
大火里还有明空之心。
空乐中诸烦恼化为菩提，
智慧火喷向热恼的众生。
天地都充满了清凉，
空就是乐乐就是空。

奶格玛闪动着第三只眼睛，
虹光的身子琉璃般透明，
那光一闪一闪照耀十方，
唇边露出一缕微笑。
她说："好儿郎要千锤百炼，
烧不死的鸟才是凤凰。

"你要破除一切心机和执着，

才能接受那清净的甘霖。
无论是做事还是修持，
本质都是无常的游戏。
只有能在这世间留下的功德，
才能堆起一个人的价值。
如果没有行为的证悟，
就会变成山洞里的老鼠。

"你的心虽然也很清净，
但习气的污垢总是顽固。
你当用虔信的力量祈请，
让它冲破那乌云的牢笼。

"你也许需要一些时间，
甚至需要承受心灵的痛苦。
那动物不剥鳞甲不成人，
小树不修难参天。

"师尊会净化你的脉气，
无上的恩德你当感恩。
把那些怀疑与机心删除，
启用烂漫的赤子之心。
那些无常之法各随其缘，
万事万物很难确定。
儿啊去掉你所有的期望，
要全然接受命运的馈赠。
你分明就是师尊的忠犬，
有了这心性才能承接法恩。"

第 64 曲　甘露

手握甘露瓶，奶格玛陷入了沉思，
这还是当年帝释天赠送于她的。
想当初，她还是一个小丫头，
因为母亲的白发，
她整天忧心，惶恐，
她渴望一种力量能力挽狂澜。

那时，她毛毛躁躁，无畏亦无惧，
她独往忉利天请求帮助。
一晃，这么多年过去了，
时间无情，她却记得当年的恩情。

那次帝释天赠她三瓶甘露。
第一瓶，她本想解除饥荒，
却因百姓的疯狂争抢引起了一场灾难；
第二瓶，为了不迷本性，
她于长梦中一饮而尽，那一刻，
她的心中溢满了英雄的悲壮。
而现在，甘露仍是甘露，
而她，早已今非昔比。

望着三千大千世界，
她将甘露洒向六道。

她发出了利众的大愿：
"愿每个众生都得到智慧；
愿成就者多如天上的繁星。"

心小的时候甘露只容小杯，
心大的时候甘露浩如大海，
那奶格之星也是一样，
现在它已变成了手中的天杖，
又多了许多庄严的配饰，
能号令三界的智慧女神。
智慧水晶也成了摩尼珠，
它们庄严着奶格玛的头饰。
摩尼珠里有一个世界，
这个世界叫娑萨朗，
它无边无际，涵盖一切，
它包容万物，涵纳众生，
奶格玛的心量有多大，
那净境就有多宽广。
她发愿时空不坏愿力不坏，
生生世世地护佑众生。

帝释天看到奶格玛的成就，
心中既赞叹又有些心酸。
当初那个前来拜访的小仙，
现如今已证得无上成就。
自己在天宫的这些岁月，
整日里享受天人之乐，
或是率天兵大战修罗，

没有几日能安静修行。
即便有修行也只是自我安慰。
因为那天福和美妾仿佛蜜罐，
他们黏着他，使他舍不得放下。
每次想到要出离专修，
就会生出无数个借口——
"这天宫的事务谁来处理？
这孤独的亲人谁来安慰？
我可以一边修行一边理事。"
每个借口看起来都冠冕堂皇，
于是，他一直在借口里虚度。
如今他的寿命已经过去大半，
却依旧在欲界止步不前。
这小丫头因为坚定而执着，
她大勇大舍又大舍大得。

帝释天的条件比奶格玛优越太多，
但也正是这优越的条件，
障碍了他的出离。
那顺缘有时是修行的阻碍，
那逆缘也会是成就的助力。
若是没有母亲的衰老，
若是没有娑萨朗的危境，
奶格玛还会不会毅然决然，
坚定地踏上渺茫的寻觅之路？

帝释天也想辞去天王之位，
他向往自由，仰慕世尊的境界，

他曾无数次生出坚决出离的冲动，
又无数次被天人们温柔地拉回。
瞧，他的俯首称臣；
瞧，他的毕恭毕敬；
瞧，她的国色天香；
瞧，她的绰约多姿。
无数的理由阻挡了他无数次的向往，
他从不甘心，一步一步
退回生命最深处。
他走得越来越慢，越来越慢，
直到有一天，心中奏起"认命"之歌。
他终于沉溺于这纷繁的世相中，
做上一天和尚撞上一天钟。
欲乐实在是一种鸦片，
只要成瘾就很难戒除。